庭師と騎士のないしょ話

真夜中のお茶会は恋の秘密を添えて

雨傘ヒョウゴ

24067

角川ビーンズ文庫

目次

プロローグ …… 7

第一章　蕾だって、まだ咲かない …… 9

第二章　花降る雪 …… 49

第三章　夜は通り過ぎる …… 95

第四章　風に揺れる …… 142

終　章　星空を見上げて …… 180

あとがき …… 301

登場人物紹介
ディモル・ジューニョ
社交界の色男と評判の騎士。アゼリアが世話する庭を訪ねる
アゼリア
プランタヴィエ王国の庭師。人目を避けている
ルピナス
アゼリアと暮らす妖精。お菓子が大好き

バーベナ・セプタンス
セプタンス公爵家の令嬢。
家のためにディモルに近づく
ソップ
いたずら好きの風の精霊。
バーベナの家を守っている
ストック・メーヴル
ディモルの同僚の騎士。
平民出身のため冷遇されている
庭師と騎士のないしょ話
真夜中のお茶会は恋の秘密を添えて

本文イラスト／蜂不二子

プロローグ

こぼれ落ちるような柔らかな光を受け取る草木の中で、くしゃりと小さな足音がする。

二人の、男がいた。

男の一人は腰ほどまである茶色い長い髪の持ち主で、優しげな風貌をしていた。

対してもう一人は燃えるような赤髪の、目つきが悪い青年だ。

「なんの用だ」と赤髪の青年は振り返り、もう一人の男を睨む。いや、睨んでいるように見えただけで、実はただそちらに目を向けただけなのかもしれない。そんなふうに損をしがちな人相をした青年だった。

「少しきみにお願いごとがあって来たんだよ。……どうか、彼を守ってほしいんだ」

睨まれた側の髪の長い男はというと、そんなことは一つも気にすることなくころりと微笑むものだから、赤髪の青年はさらに苛立った様子で、どういうことかといくつかの質問を相手の男に重ねた。はらはら、さらさらと木々の葉が落ち、降り積もっていく。

質問の一つひとつに髪の長い男が答えていくうちに、赤髪の青年の顔は曇っていった。

最後に一つ、髪の長い男が小さな布袋を袂から取り出し告げた。

「これから、王国は大きく揺れる。この国の貴族たちも一枚岩ではないからね。だから万一のためにこの種を残しておきたいんだ」

「……それがお前のさいごの望みだというのなら受け取ろう。しかし、俺があいつを守るとは限らないぞ。俺は貴族たちには関わりたくはない」

「受け取ってくれるだけでも、もちろん構わないさ」

髪の長い男は口元をほころばせながら頷いた。

小さな布袋を赤髪の青年の手のひらの上にのせると、しゃらりと中身がこすれるような音が響く。

「……これは、希望の種だからね」

赤髪の青年が去り、ただの一人きりとなったときに、髪の長い男はぽつりと小さく呟いた。これから先の結果は、誰にもわからない。

虚しさはある。悲しみもある。けれどもきっと、大丈夫だろう、と彼は信じている。

そして、ゆっくりと瞳を閉じて祈る。


どうか幸せな結果が待ち受けていますように。

これから訪れる冬が、つらく、険しいものとなりませんように。

暖かな春が、やってきますようにと。

第一章 蕾だって、まだ咲かない

ざくり、ざくりと。雪景の中、小さな足跡が進んでいく。

少女は片手に体に見合わない大きなスコップを抱えていた。すでに雪はやみ、澄み渡った真っ青な空がどこまでも広がっている。けれども冷えた風はふとしたときに震えてしまうほどの寒さを運んでくる。

少女――アゼリアは手袋をして、地味な色合いの分厚いローブを羽織っている。それでも口から白い息が漏れ、鼻の頭はすっかり赤くなってしまっていた。きゅしゅり、きゅしゅり。雪を踏みしめる度に靴底から不思議な音が響く。毎年同じはずなのに、それでもこの感覚に慣れないように思うのは今年が特に寒いからだ。それから、少しばかり寂しく感じているのかもしれない。

スコップが重たいからか、自然と息が乱れてくる。力仕事の大半は土に魔力を込めた土人形で事足りるが、細かな作業はやはり人の手で行う必要があった。庭園を管理する庭師としてそのことに不平はないが、ついため息をついてしまった。

「ふう……」

「アゼリア、ねぇ、ちょっと休憩しない？」

そのときアゼリアのローブの隙間から、一匹の小さな妖精が飛び出した。忙しなく羽を動かして少女の周囲をひゅんっと飛び回っている。年頃の少女を手のひらほどにした大きさで、羽ばたく度に空色の二つくくりの髪がふわふわと揺れていた。妖精の背中に生えた薄い四枚の羽が雪の光に反射して、虹色にきらめいている。

「少し疲れただけだから大丈夫、ありがとう……でもルピナスも寒いでしょ。私のローブの中に……」

とまで話したところで、木々の枝で羽休めをしていた鳥が一斉に空へと飛び立った。

「……雪景色を見ながらの散歩というものも、やはり風情がありますなぁ」

「ええ。本当に。美しい庭だ。さすが土の精霊様のお力です……ん？　お待ちください。……美しい庭に不要なものが交じっておりますな」

枝に積もった雪がぱさぱさと落ちると同時に、並木道の隙間から姿を現した紳士然とした男が、こちらに目を向けて顔をしかめている。

「下手くそな影だ。なんと不愉快な」

アゼリアは慌てて頭を下げ、さらに慎重に目を伏せた。

『影』とは貴族が庭師を揶揄する際に使用する別称である。つまりはアゼリアを指していた。貴族エリアが近いということはわかっていたのに、うっかりしていたのだ。庭師であるアゼリアが、彼らの前に姿を現すのは許されないことなのに。

「なによあいつら」と不快を隠すことなくルピナスは呟いているが、すっかりアゼリアの背に隠れている。彼女の姿も声もアゼリアにしか見えないし聞こえないのだが、人間嫌いの彼女はアゼリア以外の人間に近づくことすら嫌らしい。

男たちは鼻白んだようにため息をついたが、すぐにアゼリアのことなどいないもののように会話を再開した。その間、アゼリアはぴくりとも動かず、頭を下げ続けた。

しかしその中の言葉を聞いて、思わずむっと眉間にしわを寄せてしまう。

「……しかし精霊と良き隣人になるなどと騎士団の連中はなんとも古い考えですなぁ。これだけの力を持っているのですから、精霊など人のいいなりにさせてしまえばいいものを。大地の豊穣を祈るだけではなく、他国に対して牽制をきかせることもできるでしょうに」

「まったくその通りです……うわあ！」

「ぎゃあ！」

そのとき、男たちの頭の上に松ぼっくりが落下した。

ぼとぼと、ぼとぼと。一つ、二つならまだしも、二人そろって大量の松ぼっくりが頭に激突したことにより、「一体なんなんだ！」と怒りで顔を真っ赤にしながら男たちは足早に去っていく。

「あ……」

やってしまった、とアゼリアは思わず額を押さえた。

「ふん。もっとたくさん落ちてもよかったのに」

「さすがにだめでしょう……。失敗したな」

「だって、あの人たち、アゼリアのことを影だって……。嫌な言い方をしていたわ」

むっと眉をひそめるルピナスに、「それは」と囁くような声を出した。

「……間違いないよ。私は影だもの」

アゼリアの口元はにこりと微笑んでいるが、菫色の瞳は少しだけ寂しげに揺れた。影と言われたことが悲しかったのではない。思い出してしまったからだ。

先代の影は、つい最近死んでしまった。一月ほど前のことだった。

アゼリアは彼の弟子のようなものだったけれど、まだまだ彼には及ばない。白いひげを口元に蓄えていて、少しばかり話しかけづらくて、それでも少ない口数の中でアゼリアにたくさんの仕事を根気よく教えてくれた老人だった。

「この庭は陛下から管理を仰せつかったとても大切な場所だもの。あの人たちが言うことは正しいわ。美しい庭に、それ以外はいらない。私は影で、あってはいけないものなんだから」

ゆっくりと目を細めて庭園を見つめるアゼリアが立つその場所は、肩が冷え切ってしまうほどに寒い。だというのに、男たちが歩いていった先は草木がはびこる、雪一つない穏やかで暖かな小道だ。

――アゼリアと男たちが歩いた道とは、白と緑と、見事なほどに色が隔てられていた。

緑の道は、常に王とともにいる大地の精霊がはるか昔に作ったものと聞いている。

アゼリアは庭師である。影としてこの庭園を美しく剪定し、管理をする義務があった。

しかし男たちが消えたことに安堵したからだろうか。ふう、と知らずに息がこぼれていた。

そのとき、激しい風が吹き荒れた。

アゼリアが深く被っていたフードすら巻き上げ、はらはらと白い雪が舞い落ちる。と、同時にアゼリアの長い黒髪が膨らむように風に流れ、菫色の瞳がちらりと青い空を見上げた。

次第に風と雪がやみ、静かな雪原を振り返った。

「……仕事、しなきゃね」

そう独り言ち、彼女は突き刺していたスコップをざくりと持ち上げた。


プランタヴィエ王国は、土の精霊の守護を持つ国である。

美しい四季折々の移り変わりはときに人々に苦しみを与えるが、精霊に守られた肥沃な大地は飢饉を防ぎ、神の怒りとされる天災からも人々を守ってくれる。

そんな強大な力を持つ精霊は、もとは四枚の羽を持った小さな妖精として生まれ、ある日、虹色の羽を静かに震わせて、六枚羽の精霊へと生まれ変わるといわれている。

精霊となると誰(だれ)の目にも映るたしかな存在となるのだが、ルピナスの羽は四枚。つまりはただの妖精だ。アゼリア以外にその声は聞こえないし、見えることもない。なぜ妖精を見る目を持たないアゼリアがルピナスだけは見ることができるのかはわからないが、今ではルピナスは大切な友人のような存在だった。

そんな彼女はいつも心配そうにアゼリアの周囲を飛び回っているのだが、今日に限ってはさらにその様子が顕著(けんちょ)である。

「ねえ、アゼリア……やっぱり今日くらいは休んだら？」

「そんなわけにはいかないよ」

と、何度目かの返答を伝えた。

「でも、今日は特に寒いもの。人間って簡単に風邪(かぜ)を引いちゃうじゃない……」

「心配してくれるのは、ありがたいことだけどね」

アゼリアはくすりと微笑(ほほえ)む。しかし昨夜は随分(ずいぶん)雪が降っていた。だからこそ手を抜(ぬ)くわけにはいかず、王宮の周囲を囲むほどの広大な庭園を足を使って見て回り、必要ならば雪かきをしなければならないのだ。

そうして白い息を吐(は)き出しながら歩いているうちに、いつの間にか青い空は次第に暗くなり、風もさらに冷たくなってくる。ほたほたと降る牡丹雪(ぼたんゆき)がルピナスの小さな頭の上にぽすりとのった。「ふぎゃっ！」とルピナスは猫のような声を出した。アゼリアは笑って、彼女を分厚いローブのフードの中に入れてやった。アゼリアが歩く度に出来上がる足跡は、降り積もる雪に少しずつ消えていく。

ルピナスはアゼリアのフードから、ぴょこんと顔を出して心配そうに提案してくる。

「やっぱりもう帰りましょうよ。一日くらい早めに帰って休んだところで、誰もなにも言わないわよ」

「さてね。誰も言わなくても私が気にするかな。私は庭師だし、この仕事は陛下からご依頼いただいているものだから」

もちろん、直接声をかけられたわけではないのだけれど。

アゼリアは今年で十六になる。庭師としてこの仕事に携わるようになったのは、今から十年前――アゼリアが、六つのときだった。

両親が事故で死に、行くところもなく手を引かれてやってきたのがこの広大な庭園だった。田舎からやってきたアゼリアが目を白黒させるほどの見事な庭園であったが、王宮に連なる立派な場所だというのに、貴族以外の市民にも立ち入りが許されていると聞いたときには、さらに驚いた。

今は冬で、蕾すらも眠っているが、春になると色とりどりの花を咲かせ、多くの人で賑わう。その様々な色合いはまるで大地に眠る精霊を思い出させる。だからこそ、今から三代ほど前の国王が日々精霊への感謝を忘れぬようにと、誰でも庭園に立ち入ることを許可した。当時はあまりの驚きに、それこそ国中が沸き立ったらしい。

実際は美しい庭を人々に見せることで、精霊の力や、王家の権威を見せるための政治的な意味合いが強かったのでは、と語られているらしいが、現に当代の国王は体の弱さから表舞台に立つことができないため、それほど意味合いとしては異なってはいないのだろう。

土の精霊の加護が強ければ強いほどに庭は美しくなるともいわれ、今も多くの人々に愛され、親しまれる場所だ。その庭園の管理を、先代亡き今、アゼリア一人で行っている。とても大切な仕事なのだと自身でも認識していた。

しかし誰でも庭園に立ち入ることを許されたとはいっても、やはり身分の壁というものは存在する。

より王宮に近く、大地の精霊の加護が強い南の道は貴族エリア、対して反対の北の道は市民エリアとして気づけば長い年月の中で、ある程度の線引きが出来上がっていた。

貴族エリアにある道は不思議なことにいつでも暖かく朗らかな気候で、それこそ外では雪が降るような気候であったとしても紳士はカジュアルな服装のまま、ご令嬢たちは分厚いドレスやケープを着る必要もなく散歩をしながら雪景色を楽しめる。また屋根付きのガゼボでお茶会をすることもできるから、ときおりご令嬢たちの楽しげな声も聞こえる。

貴族たちが庭師のことを影と表す言葉には嘲りの意味が込められていることは知ってい

るけれど、そのことに対して深くなにかを感じたことはない。それよりも、人はアゼリアの姿を好まない。だから姿を消すことばかり必死になって、アゼリアはいつも慎重に瞳を見せないようにローブのフードを深く被っていた。

先代の影が亡くなるまではアゼリアは市民エリアの管理を行っていた。

貴族エリアを手掛けるようになったのは先代が亡くなってからのため、慣れているとは言い難い。だからこそ下手くそな影、と言われてしまうと中々肩身が狭く感じてしまう。先代の言う通り、アゼリアは出来損ないの影だ。幼い頃から、『お前は影にはなれんだろう』と白いひげをなでながら、ぽつりと呟かれたものだ。

さて、そんな雪景色も、手を加えなければただ牡丹雪が降り積もるばかりである。

アゼリアはスコップをまた地面に突き刺して、赤くなった鼻を片手でこすった。そうしてゆっくりと日々の仕事を繰り返した。変わらない日常だ。たしかに、そう思っていたはずなのに。

——その日は、満月が綺麗な夜だった。

アゼリアが日課である庭師の仕事を終え、パンとスープのみの簡単な夕食を食べた後、小屋の窓からふと外の月を眺めたときに、少しばかりもったいないような気分になったのだ。

せっかくの満月だと椅子とテーブルを持ち出して、ついでにティーセットの準備をする。その間、ルピナスはアゼリアの肩で楽しそうにおしゃべりをしていた。そんな彼女に、いつもアゼリアは口元を優しげな笑みの形にしてゆっくりと頷いて返事をしていた。そしてしんしんと降る雪をぼんやりと仰いだ。

（……先代も、こんなふうに雪を見ていたのかしら）

手の中のカップの温かさを感じながら、ふとアゼリアは考えてしまう。

アゼリアが市民エリアから、貴族エリアに近い今の小屋に住むようになったのは、それこそ最近のことだ。先代とは互いに異なる小屋で過ごしていたが、管理の区域が変わったため、色々と都合のいいこちらの小屋に引っ越してきたのだ。

こぢんまりとしているが、しっかりとした造りの丸太小屋は、昔からちっとも変わらない。外見とは裏腹に、中は綺麗に手入れをされていて、先代の几帳面さがよく表れている。そして小屋とその少しの周囲だけは、いつもほんのりと暖かくいつでも過ごしやすい。これもありがたくも大地の精霊の力だ。

椅子に座ってお茶を飲みながら冬景色を楽しんでいたアゼリアの膝の上にちょこんと座っていたルピナスは、いつしかうつらうつらと頭を揺らしていた。すっかり禿げた木の枝に、少しずつ雪が積もっていく。その間から、まあるい月が覗いている。

「はあ……あったかい」

ここは冬を忘れるくらいに暖かいが、それでも昼間の寒さは忘れられない。紅茶を一口飲んで、ほっと一つ息をついた。そのときだ。

「おじいさん」

背後から、声をかけられた。

聞こえたのは妙に艶のある若い男性の声である。庭園は誰でも入ることを許可されてはいるものの、夜は立ち入りを禁じられている。アゼリアが驚いて振り返る前に、青年は言葉を続けた。

「ここに来るのも久しぶりだね。ああ、疲れた。聞いてくれよ。ちょっと長期の任務でさ。なんせ泊まり込みだよ。きつかった」

(もしかして、私と、先代を勘違いしているの……？)

びっくりして紅茶のカップをテーブルに置く。重苦しいローブは、先代との共通点だ。背の高さこそ違えど、深くフードを被ったままでは遠目ではわかりづらいのかもしれない。

アゼリアは思わず振り返り立ち上がった。そして声を上げようとした。が、喉の奥で絡まってうまく声が出せない。

対して青年はため息をつきながらこちらに近づいている。暗闇の中でもよくわかる品のいい仕草で金の髪の上に降り積もった雪を片手で振り払っていた。寝ぼけたルピナスが椅子にずり落ちた格好のままきょろきょろと周囲を見回している。

頭に被ったフードの布地の縁を両手できつく握りしめながら、少しだけアゼリアは後ずさった。どんどん男は近づいてくる。まだ彼はアゼリアのことを先代だと思い込んでいるようだ。違いますよと伝えたいのに、人と話そうとすると、すっかりアゼリアの口は重たくなる。

逃げるべきかと逡巡したが、勘違いをしているだけなら正せばいい。

アゼリアはぎゅっと目を瞑った。声が出ないのならば、と彼女がやっと勇気を振り絞ったときだ。

「ひどい呪いを受けたものだよ。僕は朝が来る度に昨夜の記憶をすっかりなくしてしまうんだから。ごまかすのも本当に大変だった。もうしばらく、夜の任務は勘弁だ」

そう彼が吐き出した瞬間と、アゼリアがえいやとフードを脱いだのは同時だった。

アゼリアの柔らかな桃色の髪が雪あかりの中でふんわりと揺れた。男は、大きく目を見開いた。

「きみ、誰なんだ……？」

男は呆然として言葉を紡いで、それから自身の口元をぞっとしたように押さえた。

うまく話すことができないのなら姿を見せてしまえばいいと思っての行動だったのだが、思わず瞳がかち合ってしまいそうになったことに慌てて、こちらはこちらで急いで俯いてしまう。

「え……。きみ、お、おじいさん、じゃ、ないのか……？」

「当たり前でしょ⁉」

とすぐさま叫んだのは、眠そうな目をぱっと見開き眉をつり上げたルピナスだ。ルピナスは男の顔を見て、「こいつ……」と苛立ったような声を出し唸っている。

もちろんルピナスの姿はアゼリアにしか見えないが、なぜかひどく興奮し始める彼女をそのままにしておくわけにはいかない。男にわからないように、違和感のないようにと手を伸ばしてルピナスの羽を片手で掴む。そしてローブの内側に抱きかかえながらそっと相手を覗き見たとき、アゼリアは驚いた。脱いだローブのフードはすぐに被ってしまおうと思っていたのに、そんなことは忘れてしまうほどに。

なんせ彼はアゼリアにとってとてもよく見知った顔であったからだ。

胸の中が、ふいに温かくほころんでいく。同時にゆっくりと、心の中に留めていた彼の名前を思い出した。

――男の名はディモル・ジューニョ。伯爵家の長男で、王太子を護衛する騎士の一人だ。外套には護衛騎士を表す妖精の羽を模した徽章がつけられているので間違いない。護衛騎士の中で、金髪で青目の青年はおそらく彼のみであるはず。

テーブルの上に置かれたランプの小さな明かりの中でもはっきりとわかるほどに整ったその容貌は、多くの令嬢たちを虜にしていると聞いている。つまりは社交界の色男だ。

そういった噂にはあまり興味がないアゼリアだったが、庭園での茶会のつまみのようにご令嬢たちが淑やかに、ときおり嬉しげに話す声を耳にしているうちに、自然と詳しくなってしまった。

ディモルというこの騎士は、この誠実そうな外見とは裏腹に、夜会に姿を現したかと思えば気づけばどこぞのご令嬢を掻っ攫い、すぐに消えてしまうのだという。令嬢たちの言葉を借りるのならば、とてもお盛んな方らしい。

噂だけを聞くとふしだらな人柄のように感じるが、王太子からの信頼は厚く、かつ家柄も悪くはないディモルは、美しい見かけも相まって少女たちの憧れのような存在なのだとか。

その顔を改めて見て、アゼリアは困惑のままに口をぎゅっと閉じた。この方が、ディモル・ジューニョ様、と心の中で言葉を繰り返して、記憶を遡らせる。思い出すのは薄暗い景色と水っぽい雨の臭い。ふと、一筋の光が差し込んできたそのときのことを、ディモルの髪色は彷彿とさせた。

当のディモルといえば今も魂が抜けたような顔をして、じっとアゼリアを見下ろしていた。だから思わずアゼリアも、なるべく瞳を伏せたままディモルの様子を窺う。

しかし彼の背はアゼリアよりもずっと高く、目が痛くなってしまうほどだ。そして二十歳は過ぎているはずだが、降り積もる雪の中で鼻の頭を真っ赤にさせている彼はどこか幼気にも見えて、なんだか噂とはかけ離れているように見える――とまで思案した辺りで、ローブの中でじたばたとルピナスが暴れて、はっとした。今はそんなことを考えている場合ではない。

「あの、し、失礼致しました。お目を汚してしまい……」

「目を汚す？　なぜだ？」

　ルピナスを押さえる手とは反対の手で慌ててフードを被ろうとするアゼリアに対してディモルが不思議そうに首を傾げたので、アゼリアは菫色の目を丸くした。なんせ、どう見てもアゼリアは平民と思しき格好だ。そしてこの庭園に住んでいるのだから、庭師であると想像するのも難しくはない。貴族であるのなら、庭師を見れば誰もが不愉快そうな顔をする。

　それに……と考えた。なぜだかわからないが、アゼリアの菫色の瞳と目を合わせると、人はいつも苦しげに眉を寄せる。こちらについては相手の目を見ないように下を向いていれば避けることができるが、さらにアゼリアは夜になると不思議と髪の色まで変わってしまう。

　墨を垂らしたような黒い髪から、薄い桃色へ、日が沈み、月が昇るようにゆっくりと変化する。そのことを知っているのはルピナスと先代、そして土の精霊くらいだ。自分でも気味が悪いと思ってしまう。

お前は影になることはできない、と先代はそう言っていたけれど、アゼリアは庭師として以前に、文字通りの影になりたかった。自身はそうなるべき人間なのだとすっかり思い込んでもいた。

だからなるべく姿を隠すようにしていたはずなのに、ディモルの反応はアゼリアが思い描いていたものとは随分違っていた。「それより」と、ディモルが、静かに息を吐き出すように声を出す。

「……おじいさんは、一体どこに？」

青年の声には不審がにじみ出ている。アゼリアは、さっと眉を寄せた。

先程の気安さを考えると、彼は定期的に先代のもとに通っていたのかもしれない。そんな人間がいたことなど初耳だが、アゼリアと先代は深く言葉を交わす仲ではなかった。それこそ互いに名を呼び合うことさえないほどだったから、知らないのも無理はないかもしれない。

しんしんと雪が落ちる音ばかりが響く中で、やっと気持ちを落ち着かせたアゼリアは素早くローブのフードを被りなおし顔を上げた。ディモルが吐き出す息は真っ白で、それがひどく寒そうで、相変わらず鼻の頭も真っ赤だった。

言っていいものだろうか。

（ううん、ごまかしても仕方がないわ……）

逡巡したのは一瞬だ。

「……先代は、死にました」

彼はアゼリアの言葉を呑み込んで、くしゃりと顔を崩した。泣き出しそうだ、と思ったのは仕方のないことだった。

愕然とくずおれる青年をアゼリアは茶会に誘った。いつまでも寒さに震わせておくのは気の毒に思ったからだ。ルピナスは夜間の突然の来訪者に憤慨してさっさと小屋の中に消えてしまっていた。

今はアゼリアが住む小屋そのものとテーブルセットには、精霊の力が宿っている。椅子に座るとふんわりと温かく、雪だって積もらない。誘われるがままに力なく椅子に座り込むディモルをアゼリアは改めてじっくりと見下ろした。鼻筋がすっと通ったひどく整った容貌に、騎士というには線が細い体つきで、髪の毛はさらさらとまるで絹の糸のようだ。

それは幼い頃に両親から寝物語に語られたおとぎ話に出てくる王子様みたいな男性だった。もちろん着ている服もしっかりとしたあつらえをしている。そんな彼を前にして自身の可愛げの欠片もない格好が少しだけ気になったことは否定しないが、今更恥じても仕方がない。それにフードを被っているからか、先程よりもずっと落ち着いて対応することができる。

「あの、ジューニョ様……」

がっくりと力なく肩を落とす青年になんと言えばいいのかわからないまま、とにかく声をかけてみると、ディモルが勢いよく顔を上げて目を見開いたので、アゼリアは思わず面食らってしまった。

「きみは僕のことを知っているのか？」

「ああ、ええ、まあ。そちら第一部隊の徽章をつけていらっしゃいますし……」

騎士団はいくつかの部隊に分かれていて、その中でも第一部隊とは王太子専属と言われている部隊である。政治に疎いアゼリアでもその程度のことは知っている。その他、色々と耳にしている噂を付随して思い出して、とにかく、とアゼリアは話をそらしてごまかした。まさか本人を相手にして、色男と言うわけにもいかない。

「そ、その。ジューニョ様が先代と交流があったとは存じ上げませんでした。ご連絡もせず、申し訳ございません」

「いや、彼とは夜に会うばかりだったから知らなかったのも仕方ないよ。それよりも、こんな夜更けに驚かせて申し訳なかった。きみは、おじいさんのお孫さんなのかな？」

「いいえ、まさか」

ちっとも似ていないでしょう、とお茶の準備をしながら苦笑するアゼリアに、ディモルは曖昧に笑った。それはなんだか奇妙な表情でもあった。しかしわざわざ尋ねるほどでもない。

　それより、とアゼリアはとぷとぷとポットからお茶を注いでテーブルの上にカップを置く。ポットの温度は不思議なことにいつでも温かく、こんな寒い日はいつでも飲み頃なのだが、今回は新しく淹れ直した。

「もしよければ、どうぞ」

　ディモルはぼんやりと座り込んだまま出されたカップを見て、それからアゼリアを見上げた。幾分か遅れて、「ありがとう」と頭を下げてくれたので、アゼリアは瞬いた。そんなことにディモルは気づく様子もなくまた自身の手元を見つめた。

　ついつい呼び込んでしまったものの、お茶まで出すだなんてやはり貴族の方に失礼だっただろうか……と不安になっていたはずが、お礼まで言われてしまったのだ。アゼリアが驚くのも無理はない。

　それからディモルはためらうことなく、礼儀作法がしっかりと身についている優雅な仕草でカップに口をつけた。と思えば彼は、はっと目を見開きカップの中に視線を落としている。その姿を見て、しまったとアゼリアは慌てた。

「すみません、ハーブティーは苦手でしたか」

「いや大丈夫。とっても温かくなってきた」

　外から来たばかりだから寒かっただろうと思いわざわざ淹れ直してしまったのだが、もしかすると人に出すには通好みな味だったかもしれない。

　こんなふうに寒い日にはぴったりの、スパイシーな香りがお気に入りで、アゼリアにとっては特に冬にかかせないハーブだ。このハーブティーを夜のお供に楽しむのは子どもの頃からの習慣だったからついうっかりしていた。現に小屋の端では季節に関係なく、黄色くて小さな可愛らしい花がたくさん咲き誇っている。

　紅茶やハーブティーの淹れ方は庭師の仕事以外に先代から引き継いで教えてもらったことの一つでもあった。

　そこまで考えて、ふとアゼリアはディモルに問いかけた。

「先代は私よりもずっとお茶を淹れることが得意でした。……ジューニョ様も、お飲みになったことがおありですか？」

　故人を偲びたくなるような気持ちになったのかもしれない。

　なんていったってここはもとは先代が住んでいた場所だし、先代がいなくなってから、まだ一月。いまだにしんみりとした気持ちになってしまう。

　それほど強く疑問の声を上げたつもりはなかったのだが、「……そうだね、ある……かな」と、なぜだかディモルは歯切れの悪い言葉だった。アゼリアがわずかに眉をひそめているると、空気を感じ取ったのか。彼はけほんと咳払いをしてごまかした……ように見えたが、気の所為だろうか？

しかしアゼリアの質問の代わりとばかりに、今度はディモルが気さくな口調で、けれども彼女を労るように尋ねる。

「それで、おじいさんはいつ頃お亡くなりに？　ついこの間、会ったばかりだと思っていたんだけれど」

「そうですね、一月ほど前です」

「……一月。丁度、僕は任務で不在にしていた頃だ」

「高齢でしたから。八十は過ぎていましたし、仕方がありません」

自分に言い聞かせるようにアゼリアが告げると、ディモルは真っ青な目を驚きに見開いていた。「そんなにご高齢でいらっしゃったのか」と、独り言ちるような声を聞き、この人はなにを言っているんだろう、とまたまたアゼリアは首を傾げた。

いくら深くローブを被っていようとも風貌や声は隠しきれるものではないし、力仕事はもうほとんど土人形に頼っていた。先代が老人であることなど見ればわかるはずなのに、彼は今更ながらに驚いている。それに、最初に出会ったときの言葉……。

奇妙な間が落ちた。アゼリアの訝しげな視線にディモルは気づいているのか、ひどく気まずそうにゆっくりとハーブティーを飲み込んでいく。ごくり、ごくり。

飲み終わったところで、ディモルはそそくさと立ち上がった。

「すまない、ありがとう。話を聞けてよかったよ」

仕草ばかりは優雅だが、どこか慌て急いでいるように軽くアゼリアに頭を下げる。そして小さく微笑み、背中を向けて静かな夜の闇の中へと消えていく。

しばらくの間、アゼリアは木々の隙間に吸い込まれるように消えてしまったディモルを、ただじっと見送っていた。が、ふとテーブルの上に視線を落とすと、アゼリアのカップからは温かな湯気が立ち上っていた。先程までのことがまるで夢のように思えてしまい苦笑したとき、ディモルの言葉や態度から、湧き上がる疑問がはたと紐解けた。

（もしかして、あの方は……）

アゼリアの勘違いかもしれないし、そうではないかもしれない。でも。

すべては自分が気づかぬふりをしておけばいいだけのこと。

（今後、あの方と関わることはないわけだし）

アゼリアは、今日のこと……わずかな夜のお茶会の記憶を、そうっと胸の内にしまい込むことにした。そして片付けをして小屋に戻ると、小さな妖精はいじけたようにベッドの中に潜り込んでいたから、くすりと微笑み、優しくなでた。

もう出会うことはないだろう――そう考えていたというのに、アゼリアが暮らす小屋へと再びディモルがやって来たのはその三日後のことだ。満月の日と同じような、誰もが静まり返る時間である。ルピナスは相変わらず「なんでまた来ちゃったのよ」と悲鳴を上げていたが、ディモルには見えも聞こえもしないので仕方ない。

ディモルはじっと庭に立ち尽くしていたが、なにか覚悟を決めたような顔つきだった。

今日は雪が降っていないので鼻の頭は赤くはない。それでも昼間に降り積もった雪の上に足跡をつけて、青年はぎゅっと両手を握っていた。

「……その、この間は申し訳なかった。思わずごまかしてしまったけれど、あれからとても考えたんだ。これから僕が話すことは、きみにとってはバカバカしくも感じるかもしれない。でも全部本当のことなんだ。できれば信じてくれるとありがたい」

そう言って気の毒なほど小さくなってしまった声を聞いて、これはもしかすると、まずはお茶の準備が必要かもしれないとアゼリアは慌てた。長い話になりそうだ。

ローブのフードは、脱いでしまうかどうか考えて、やっぱり深く被り直した。

そして以前にディモルがうっかりともらしてしまった言葉が——深く事態に関わっているのだろうなと、そっと考えた。


先代が亡くなったのは、つい一月前のことだ。

アゼリアにとっていきなりといえばいきなりのことだったけれど、それでも少しずつ、もしかしたらと思うところがあった。

老人は、いつもアゼリアとはわずかな距離を置いて接していた。なにを話せばいいのかもわからなくてただ二人で黙々と紅茶を飲んで、ときおり一緒に満月を見上げた。互いに口下手だったのだ。

そんな姿を見ていたルピナスが、「あなたたち、ちょっとくらい話してみたら？」と呆れ混じりに頬杖をついていたのは懐かしい記憶である。

――そしてアゼリアは少しばかり不思議な瞳を持っている。

アゼリアの瞳と目を合わせると、誰しもぞっとしたような表情をして嫌悪感をあらわにする。その上、夜には髪の色も黒から桃色に変わってしまうのだ。髪の色が変化する気味の悪い人間など、自分以外知りはしない。だからアゼリアは今までも、これからも人と関わるつもりは毛頭ないから、いつも深くローブのフードを被っている。

どれだけ下手くそだと言われようとも、影の象徴のような暗い色合いのローブを着て庭園の中で静かに生きることはアゼリアにとってはとても重要で、大切なことだ。もちろん、未熟者なりに庭師としてのプライドもある。

なので人とまともに会話をするというのは中々ない機会であり、アゼリアにとって大変な事件だった。ディモルはすっかり緊張している様子だが、アゼリアの胸の内の音だって中々なものである。お守り代わりのお茶を準備しているうちにやっと緊張がほぐれ、庭のテーブルの上にそっとカップを差し出したときには、なんとか息をすることができた。

「どうぞ。この間と同じものになりますが……」

「ああ、ありがとう」

年季の入った椅子に座りながら、ディモルはアゼリアを見上げてにこりと微笑む。また、お礼を言われてしまった。

「ありがとうじゃないわよ。それを飲んだら帰るのよ?」「一目散にね? あなた、ここは婦女子の家ということは理解している? 夜分に来るなんて非常識よ!」「やっぱりあんたはそういうやつだったのね……!」

ちなみにこのすべての台詞はディモルの周囲をひゅんひゅん飛び回るルピナスの口から飛び出ているものだ。「ああ、いやらしいわァ……!」とルピナスはぶるっと四枚の羽と一緒に身震いをして、ひいぃとディモルから距離を置く。ディモルには見えていないというところがなんともおかしくて、アゼリアはそっと笑いを嚙み殺した。

(大丈夫、この人はそんな人ではないと思うよ……)

そう小さな声で伝えてやりたかったのだが、そんなことをしてしまうとディモルに聞こえてしまう。

「まさかまた来るなんて思わなかったわ! 今日はちゃんと私が追い返して……もごもご」

アゼリアができることといえば、ディモルに気づかれないようにそっとルピナスをローブの内側に入れることくらいである。

「あ……ごめん、気がきかなくて。きみもどうぞ座って」

そんなアゼリアたちの一騒動を知らず、ディモルははっとして手のひらをアゼリアに向けた。「えっ?」と思わずアゼリアがたじろいだのは無理もない。先代と茶会をしていた癖で、椅子はいつも二脚準備をしてしまっていたが、通常の貴族ならば、使用人相手に同じ席に座ることを願うのはあまりにも奇妙だ。

たしかにアゼリアは庭師であり使用人ではないが、ほとんど似たようなものである。だから前回は給仕をするのみに努めていたのに。

しかしここで無下にするのも失礼なような気がして、アゼリアは少しだけ考えた後、勧められるままに椅子に座った。そのときちらりとアゼリアを見たディモルが、嬉しそうに顔をほころばせていたのを見て、とても不思議な気持ちになった。が、ディモルはすぐさま覚悟を決めたように表情を引きしめ、じっとアゼリアを見つめた。

「……その、さっきも言ったように今から僕が話すことは荒唐無稽なものなんだけど、信じてくれるとありがたい」

そして先程と似たような言葉を繰り返した。勧めたハーブティーには申し訳なさそうに手を添えたまま動かない。楽しむような気にもなれないのだろう。

信じるもなにも、アゼリアはすでになんとなくの事情は察していたが、言いふらすつもりもなければ、そもそも口にする相手もいない。

でもそんなことはディモルが知る由もないから、緊張した声色は無理もないことだ。

「今更ながらだけれど、改めて自己紹介させてもらうよ。僕の名前はディモル・ジューニヨ。伯爵家の長男だ。きみも知っての通りなのかもしれないけれど」

ディモルの言葉に、アゼリアは曖昧に笑った。彼からしてみれば、深くローブを被ったアゼリアの口元程度しか見ることができなかっただろう。

そう、ディモルはアゼリアに自身の名前を知られていることを知ってしまっていた。

これはアゼリアのうっかりだ。彼には申し訳ないことをした、と自然と眉を下げてしまう。あそこでアゼリアが彼の名前を言わなければ、ディモルだって知らぬ存ぜぬを通して逃げ切ることができたかもしれない。

再びこの小屋にくるまでの数日、彼は悩みに悩んだのだろう。あの影の女が、誰かに自身の秘密を言いふらしたりはしないだろうかと。アゼリアにその気はなくとも貴族からすれば庭園の噂ほど怖いものはない。庭園は令嬢たちが集まりおしゃべりをするには格好の場だ。アゼリアにはよくわからないが、聞きかじったところ貴族にとっての噂とはとても恐ろしいものらしい。

重たいため息をついてカップを両手で包みながらも小さくなるディモルの姿は噂で耳にする社交界の色男とは程遠かったが、彼にも色々とあるのだろう。あいにく、アゼリアはそんな機微を読み取れるほど人との関わりは深くはないし、真っ直ぐに言葉を吐くことしかできない。

なので、すっぱりと告げてしまった。

「ジューニョ様は、精霊に呪われてしまったのですね？」

アゼリアの言葉にディモルははっと顔を上げた。なんだか泣き出してしまいそうな、大人なのに子どもみたいな表情だ。言葉は顔が雄弁に語っている。おそらくごまかそうとした。でも、すぐに首を横に振ったのは、自身が来た目的を思い出したのだろう。

――ひどい呪いを受けたものだよ。僕は朝が来る度に昨夜の記憶をすっかりなくしてしまうんだから。

これはアゼリアを先代と勘違いしたディモルが、最初に話した言葉である。

「そう、なんだ」

長いため息と一緒に、ディモルはゆっくりと頷いた。

そうして、少しずつ語った。

「呪われたのは僕ではなく、ずっと昔の先祖になるんだけれど――」

ジューニョ家に伝わる、そのあまりにも情けない昔話を。

あるところにそれはまあたいそうな色男がいた。

輝くような金の髪と海の色を落とし込んだ宝石のような青い瞳を持つ青年は、それはもう彼が微笑めばそれだけで女性たちが大群で押し寄せるほどの美しさで、もちろん家だってお金持ちで大きな屋敷を持っていた。

そこまでの説明を聞いたときにはアゼリアの頭の中ではすっかりディモルの姿のイメージとなってしまったわけだが、口をつぐみ、続きを待った。

そのたいそうな色男はもちろんディモルの先祖となる青年である。

彼は甘やかされて育った一人きりの跡取り息子だったらしく、両親は彼の奔放な振る舞いを窘めることをすっかり諦めてしまっていた。まあいつしか落ち着くだろうと見てみぬふりを決め込んでいたらしいが、それがよくなかった。

毎日美味しいものを食べ続けていれば、さらにと欲が深まってしまうのが人間というもので、ただ美しい女性を抱きしめることにすっかり飽きてしまった男は、より美しい女を求めて旅に出ることにした。人が入ってはいけないとされる不思議な森に足を踏み入れ、見つけた湖の中で、この世のものとは思えないようなそれはもう美しい女を目にした。

なぜこんなところに人がいるのだろうと奇妙には思ったが、好奇心が勝ってしまった。男慣れもしていないその女を男は全身全霊を以て口説いて、誘って、丸め込み一夜を明かした。そしてすっかり満足して朝の光の中で女を見たとき、光り輝くように美しいと感じていた肌が、本当にわずかに輝いていることに気づいた。まるで人間のものではない。そう、彼女は精霊だった。

男が面白半分に踏み入ったその土地は精霊の地と呼ばれる森だったのだ。精霊の夫になるなんて冗談ではないと怯えた男は、精霊を相手に幾度も首を横に振った。昨日のことは覚えていない。まったく、記憶になんてない。だからどうか忘れてくれ。精霊はその言葉に怒り、彼には見えはしなかったが、妖精たちの荒ぶりが、まるで地響きのように響いていたという。

男はほうほうの体で森から逃げ出した。

必死に自分の屋敷まで逃げ帰って、ベッドで毛布にくるまり震えているとき、精霊と出会った次の日から、夜の記憶がすっかり消えていることに気がついた。

『記憶がないと言うのであれば、本当に記憶をなくしてしまいなさい！』

恐ろしくて振り向くことすらなかったが、あの美しい女が叫んでいた言葉を思い返した。

それからというもの、ジューニョ家の男には夜九時以降に起こった出来事を、翌朝目が覚めたときにはすっかり忘れてしまうという呪いが残った。

ぽつり、ぽつりと語るディモルの声はとても神妙なものだった。

精霊は気に入った人間の家を守るものだ。特に貴族はそれが顕著で、強い精霊がいる家は自然と権力を持ったと考えてもいい。そんな彼が、本当は血筋ごと呪われているだなんて。

ディモルは男前のその顔をすっかりやつれさせて、数日分の悩み抜いた疲れをやっと吐き出したかのように見えた。よっぽどやきもきしていたのだろう。当たり前だ、家の恥ともいえる。

「眠るまではもちろん覚えているから、眠ってしまう前にメモを取っているんだ。そして次の日の朝に読み返すことを習慣にしている。僕がきみにうっかり秘密を話してしまったということも、メモに書かれていたよ」

ああ、とため息のような声がアゼリアの口から漏れてしまった。夜の記憶を継続して覚えられないというのなら、なぜアゼリアと出会ったことを知っているのか不思議に思っていたのだ。

アゼリアは想像した。いつも通りに目を覚まして、夜に書いたメモを読み返して、自身のやらかしを知ってしまいとにかく狼狽したディモルの姿を。しかも相手はただ庭師ということしかわからず、困って、数日かけて迷って、考えて、行こうか行くまいかと幾度も考えて、やっぱりやめて。

それでもなんとか覚悟を決めたのが今日ということだったのだろう。

「どうか、このことを秘密にしてくれないだろうか！」

だから勢い余って頭を下げた彼には、驚き半分、すぐさまに頷いた。

「はいもちろん」

「代わりに僕にできることなら、なんだって——ん？　今、なんて？」

「もちろんですとも」

あんまりにもさっくり返事をしてしまったのでもしかすると説得力がなかったかもしれない。どうしよう、と困ってしまったが、アゼリアができることは誠心誠意、自分の気持ちを伝えることだけだ。

いまだにぱちぱちと瞬くディモルに、「あなた様の秘密を、私が言うわけがございません」とゆっくりと言葉を落とした。

できるだけ、ディモルを安心させるように。

「私は影です。この庭園で起こるすべてのことは、私の管理下にありますが、私はいないものと同じ。そんな影が、なぜ人の噂話をさえずりましょうか」

とは言いつつ、ご令嬢たちの話からディモルの名前を漏らしてしまったところはアゼリアのうっかりだ。今後はこれ以上に気を引きしめねば、と口元を引き結んだ。

影は人ではない。

それが貴族たちの共通の認識だ。家の中にひっそりとあるテーブルやタンスのように、庭園に付随する家具のような存在なのだから、本来なら彼が気にするべき相手ではない。

その常識は彼だってわかっているはず。安心してほしい、という言葉まではさすがに口にすることはできなかったけれど、とにかくそんな気持ちを詰め込んだ。

だから、大丈夫。

……本当は声に出して伝えてしまいたかった。でも言うことができなくて、必死に手のひらを握りしめていたからかもしれない。唐突にしゅるりと吹いた風に驚いて反応が遅れてしまったのだ。

アゼリアはうっかりディモルと目を合わせてしまった。

テーブルの上のランプの光が、青年の青い瞳の中でくるくる、ゆらゆらと躍っていた。

わあ！　と心の中で悲鳴を上げてしまった。急いでずれたフードをさらに深く被り直してぎゅっと両手で引っ張り、そっぽを向いて小さくなる。どくん、どくんと心臓が嫌な音を立てているのがわかった。

　どうしよう、と指が震える。

「あ……。突然(とつぜん)、女性のもとにこんな夜分に現れて、驚かせてしまったと思う。それに仕事で疲れているだろうに、すっかり僕の事情に付き合わせてしまい、本当に、重ねて申し訳なく……僕はきみに謝罪しかできないけれど……」

「えっ？　あの」

　想像していた反応と異なり、わけもわからず妙な声を出してしまったアゼリアに、「大丈夫？」とルピナスがローブの隙間(すきま)から話しかけてくる。大丈夫、とルピナスに伝えることで、やっとこれはきちんとした現実なのだと理解できた。

　ディモルはたしかにアゼリアの瞳を見たはずだ。それなのに先程(さきほど)と変わった様子はない。どうして、と心の中いっぱいに困惑(こんわく)の気持ちが広がった。と同時に、やっぱり気の所為(せい)だったのでは、とアゼリアは眉(まゆ)をひそめた。アゼリアと瞳を合わせたことではない。あちらがアゼリアに対して不快な感情を持っていない、と思ったことが。

「……本当に、僕はきみに迷惑(めいわく)をかけてしまっている。もとはといえば、僕がきちんと相手を確認しなかったことが悪いというのに。秘密まで守らせてしまうだなんて、どうきみへの恩を返せばいいのかわからない」

　そしてどうやら、気の所為ではなかった。

ディモルは、アゼリアを一人の人として見ていた。どく、どくと痛いほどに音を響かせていた心臓が、ゆっくりと落ち着いてくる。ディモルは、アゼリアの瞳を恐れていない。

――そのことが、嬉しかったのだろうか？

ぎゅうぎゅうにフードを引っ張っていたアゼリアの指が、少しだけ緩んだ。

「……それじゃあ、今度お菓子を持ってきてください。お茶に合うような、素敵なお菓子を」

そして自分でもびっくりするような言葉が、ぽろりと口からこぼれてしまった。

はっとしてフードの代わりに今度は口元を押さえたが、飛び出たものが戻ってくるわけがない。今度こそどうしよう、とアゼリアはすっかり縮こまってしまった。けれども。

「……本当に、そんなことでいいのかい？」

なんてこともないようにきょとんと目を見開き、「ありがとう、ぜひともそうさせてもらうよ！」ときらめくように笑うディモルに、声すらも出なくなってしまう。

（やっぱり、とっても変わってる……）

ハーブティーを淹れたアゼリアに、ありがとうと言ったり、謝ったり。

そんなの貴族が言うべき言葉ではないはずなのに。

（本当に、変な人……）

でも、少しくらい変わった人間でないと、先代の影と関わろうだなんて思わなかったかもしれない。

自分でも気づかぬうちに、アゼリアは少しだけ口元をほころばせてしまった。「……アゼリア?」と訝しげな声を出すルピナスに気づかないくらいに。

「あの、えっと。おじいさん……きみにとっては先代、と言ったらいいのかな。僕が彼と会うのはいつも夜だから、本当は顔だってわからないんだけれど。会いたいと昼間に捜しても、まったく見つからなかったから」

そうこう考えているうちに、ディモルはしょんぼりと頭を下げている。

けれど彼が言いたいことはなんとなくわかった。

先代は自然の中に溶け込むことがうまかった。葉っぱや木々のざわめきと重なるように姿を隠して自身の存在などそれこそ土に被る影のように、いつも見えなくなってしまう。

そんな姿に、ずっとアゼリアは憧れていた。

「お世話になった方なんだ。だから亡くなってしまったと読んだときは、とても悲しかった」

「…………」

これはきっと、ディモルが抱えていた素直な感情だ。

アゼリアに秘密を暴露して、そしてアゼリアが秘密を守ってくれると知って、ほっとしてぽろりとこぼれ出た本音。

だからこそ、アゼリアは自身と同じ気持ちを分かち合える誰かと出会えたことが不思議で、寒い冬の夜でも暖かな空気すら感じた。

ディモルは寂しげにぽつりと呟いた後、じっと視線をテーブルに向けていた。しばらくそのままになっていたが出されたままのハーブティーの存在に今更気づいたらしい。

この間と同じようにゆっくりと味わうように飲み込み、そっと目を伏せる。

「僕は、覚えていないけれど。でもなんだかとても懐かしいような気もする」

きっと、先代も何度も温かなお茶を出したのだろう。

そう思うとやはり不思議な縁を感じて、アゼリアは知らずに微笑んでしまう。

「ありがとう、美味しかった」と、ディモルは言って立ち上がった。それにしても何度聞いてもくすぐったくなる言葉だったが、嬉しくないといえば嘘になる。

唐突に、ふと思い至ったようにディモルは顔を上げた。

「そうだ、きみの名前を教えてくれるかな？」

そしてまるで人懐っこい子どものようにアゼリアを見つめた。

「……名前ですか？」

「うん。なんて呼べばいいのかわからないから。教えてもらっても、明日には忘れてしまうけれど、メモ……まあ、日記みたいなものだけど。ちゃんと書いておくから大丈夫だよ」

朝に目が覚めて、こんなことがあったのか、ときっと彼は自室にて驚くんだろう。

そのときもう一度、初めてアゼリアの名前を知る。

それはなんだか素敵なことのように感じたが、まさかと首を横に振って苦笑する。

「私は庭師です。この庭園の影に過ぎません。どうぞ、影とお呼びください」

そしてゆっくりと立ち上がり、ぺこりと頭を下げた。

沈黙が落ちた。否定の言葉に腹を立てたのだろうかと恐るおそる顔を上げると、なんとディモルは顔を片手で覆って、必死に笑いを嚙み殺していたので、呆気に取られてしまった。

「あ、あのう……？」

「いや、悪い。違うんだ。きみはおじいさんとまったく同じことを言うんだなあ、と思って」

——名前？　そんなもんどうでもいい。じじいでも、影でも、お前でもあんたでも、好きに呼べ。

それは、先代の口癖だ。

あっ、とアゼリアは自分の口元を押さえて、それからなにが面白いのかわからないのに、アゼリアとディモルは互いに声を上げて笑った。夜空の中に、するりと笑い声は吸い込まれて、消えていく。

――彼は明日になればアゼリアのことを忘れてしまう。姿も、その声でさえも。

なのに日記に書かれた言葉を思い出して、こんな少女がいたなと思うのだ。

重っ苦しいローブを羽織った、不思議な少女のことを。

この日から、彼らの秘密のお茶会が始まった。

それは明日には忘れてしまう、泡沫(うたかた)のようなお茶会だ。

第二章　花降る雪

手鍋は強火でコトコトと。

たっぷり空気を含んだ水を火にかけて表面がぽつぽつ弾けたタイミングを見逃さずに、茶葉を入れたポットに注ぐ。そうすると、くるくる茶葉が躍りだすのだ。丸みのあるポットは先代から譲り受けた。このポットのことをひっそりと、可愛らしいと思っていることをアゼリアは口に出したことがない。

じっくりと茶葉を蒸らす時間は嫌いじゃない。砂時計を幾度かひっくり返して時間を計った。さらさらと砂がこぼれる音が静かな小屋の中に響く。さてできた。茶葉をそのままにしておくと、どんどん味が変わってしまう。別のポットに移し替えて、それから、と考えたとき、カップの数に困ってしまった。

カップは一つと、妖精用に指先ほどの小さなカップも一つ。

ルピナスは茶葉の匂いをかぎながらもうっとりと寝息を立てているが、こんこん、と響いたノックの音を聞いて、ぴくりと反応したのはルピナスだけではない。

トレーの上には、いつの間にか、カップが三つに増えている。

そそくさと扉をあけて、「いらっしゃい」と伝えた後に、「こんばんは、影です」とアゼリアは自己紹介をする。そのすぐ後に、ほっとしたように表情を緩めて「こんばんは、ディモル・ジューニョです」と小さく頭を下げ柔らかく微笑む彼は、今日もまた手土産を抱えている。

そして互いに照れ笑いのような表情を作ってしまう。

お茶に合うような素敵なお菓子を持ってきてください、とお願いしたのはアゼリアだったが、ディモルの訪問はすでに数度目のことだった。

アゼリアにしてみれば一度限りの願いだったつもりが、「約束通り、持ってきたよ」と最初はマロンのタルト、その次はビターだが深みのあるチョコレートと様々な土産の品を持ってくるディモルを相手に、あれよあれよと出迎えることが当たり前となってしまった。

「実は僕はあまり甘いものに詳しくなくて……今回は同僚に教えてもらったんだ」

「わざわざそんな、申し訳ないです。でもありがとうございます。いただきますね」

どうぞ、と渡されたのは可愛らしいピンクの紙でラッピングされている四角い箱だ。もちろんこれもお菓子だろう。

ディモルが来る度に「なによなによ」と頰を膨らませて怒っているはずのルピナスは、くんっと匂いをかいだ瞬間アゼリアの頭の上を回って、誰よりも素早く箱を盗み取っていく。

「あれ？」と、ディモルはいつの間にかアゼリアの手から渡した箱が消えてしまったことに首を傾げていたが、素知らぬふりをした。自分の体よりも大きな箱を抱える妖精の姿は、中々見応えがある。それはさておき。

「いらっしゃいませ。今日もいい、お茶会日和ですよ」

お決まりのご案内だ。


というわけで、本日のお茶菓子はクッキーだった。

様々な種類のクッキーの詰め合わせで、ナッツが中心についたものは、ざくざくとした食感がとっても楽しい。チョコチップのクッキーはチョコの部分がどっしりしていて美味しくて、他にも動物を模した形のものや、花の形をしたものまで。見ているだけでも幸せな気分になってくる。

実はアゼリアは菓子と紅茶を合わせたことがあまりないため、今日のお茶はどんな味にしようか迷って、いっそのことなにも付け加えずに出したストレートティーだったが、むしろはっきりしたクッキーの味を引き立てていた。我ながら満足な組み合わせである。

庭には小さな丸テーブルが一つ。古ぼけた椅子が二脚。しんしんと降る雪が夜の庭を彩っていて、ほんのりと雪あかりが灯っている。

「とっても美味しいクッキーですね」

手のひらを紅茶で温かくしながら、アゼリアはほうっと息をついた。すると、「きみが淹れてくれた紅茶もね」と、ぱっちり、と上手なウィンクつきの言葉に、アゼリアはぱちぱちと瞬きをしてしまう。そして、ふふりとほころんでしまった。

「なんで笑うんだ？」

と、ディモルが不思議そうなところがまた面白い。テーブルの上では「これだから色男は」と不本意そうにルピナスが呟いて、大きなクッキーを抱えている。ジャムクッキーがお気に入りらしい。

「すみません、ジューニョ様。大変なご無礼を。失礼致しました」

「いいや面白いなら笑ってくれた方が嬉しいよ。どうせなら、きみの名前も教えてくれるともっと嬉しいな」

「私のことは影で十分ですから」

「なら僕のことは、ジューニョではなくディモルで結構。言いづらい名字だし、他には誰もいないわけだし」

ぱちぱち、とアゼリアはまた瞬いた。それから呆れたような気持ちで少しだけ笑ってしまう。これで幾度目かの茶会だったが、ディモルという男は相当な変わり者なのだとアゼリアは改めて認識していた。

なんせ、彼は毎回アゼリアと初めまして、なのだから。

いくらメモに残していようと、夜にしか会わないアゼリアは、ディモルの記憶の中に留まることはない。だというのに毎度距離の詰め方が絶妙で驚くばかりだ。

アゼリアは相変わらず暗い色のローブのフードを脱ぐことができず、傍から見れば奇妙な出で立ちをしているのだが、そんなことはお構いなしに、むしろ、本当になにも気にしていないように見える。

もしかしてこれが色男といわれる所以なのだろうか……と少しだけ訝しんでしまったが、そのおかげで会話下手なアゼリアでも途切れることなく話ができているのだから、よかったと思うしかない。

泣かされた女はいかほどかと社交界の色男と噂されるディモルだが、「やあ、この間ぶり」と言いながら朗らかに片手を上げてやってくる姿はアゼリアにとってはただの人懐っこい血統書付きの小型犬だ。これはあくまで雰囲気の話で、外見が整いすぎているという点を除くと、いたってまともな外見だが。

さくっとクッキーを一つ食べる音と一緒に、雪の花が開く音がした。

空を見上げると、月すらも隠れるほどにはらはらと雪が降り落ちる夜空が見えた。そしてぽんっと白い雪が花開く。土の精霊の力で守られているから、小屋の近くに降る雪は落ちる度に暗い夜空の中で弾けてほどけてしまう。それがまるで、雪がひっそりと花開いているみたいね、とアゼリアはいつもこっそり考えていて、特に今日は雪の花で満開だった。

「綺麗だなぁ」

　と、ディモルは青い目を細めて、端整な顔をほころばせている。

（なんだかすごく……変な時間）

　そんな彼を見ながら、じっとアゼリアは思案した。

『こんばんは、影です』『こんばんは、ディモル・ジューニョです』と最初に挨拶するのは、もはや二人のお約束のようになっていた。そしてディモルからお土産のお菓子をもらい、野外の景色を楽しみながら少しばかりのティータイムと洒落込む。

　それは夜に精霊や妖精たちが行う秘密のお茶会のようで、ちょっとだけくすぐったい気持ちになってしまう。

　アゼリアは、なぜディモルがこうしてやって来るのかわからない。

　もちろん、秘密を黙っている代わりにお菓子を持ってくるという約束を律儀に守っているということもあるだろう。でも、そんなのアゼリアが最初に思っていた通りに、こちらはただの庭師で、影なのだから一度きりでも良かっただろうし、そもそも一緒にお茶をするなんて約束もしていない。

　でもきっと、深い理由はないのだろう、とアゼリアは思っていた。もしくは先代からの習慣を続けているだけなのだろうと。

「先代とも、こうしていたんですか？」

「え？　ああうん、そうだよ」

ふとアゼリアが尋ねた言葉に、ディモルは朗らかに愛想よく答えてくれた。

ディモルの返答を聞いて、ほらね、とアゼリアは逆になんだか安心してしまう。

そして、「いつからかな、うん。十年はとっくに過ぎているな」と付け足された言葉にまさかそんなに前から、と驚いてしまった。

（先代も、言ってくれたらよかったのに）

と心の中で独り言ちたが、言われたところできっとどう反応すればいいかわからなかったし、そんなふうに細々と話しかけてくる先代の姿も想像できなかったので、アゼリアは一人静かに頷き納得した。そして別の話題を考えることにした。

「でも夜の記憶がなくなってしまうなんて、お仕事では大変なんじゃないですか？」

「まったくもってその通り。だから夜になる前に早く帰ることにしている……けれど、これればかりは中々ね。夜に起こった内容は、なるべく詳細に書き留めるようにしているから、朝読むのも大変だよ」

口調はどこか冗談半分だったが本音に違いないのだろう。アゼリアは同情めいた気持ちになって眉をひそめてしまったが、深くフードを被ったままだったから、ディモルに伝わることはなかった。

ディモルは変わらず明るい口調のままで先代との思い出を語っている。

「だから夜に王宮から帰宅する際はなるべく人に出会わないようにしているんだ。とはいっても中々どうして難しい……ということをおじいさんに相談したら、庭を通ればいいと教えてもらったんだよ。夜は一般の人の出入りを禁止しているけれど、万一人に見られたところで僕の所属は第一部隊だから、警備の確認であると説明すれば問題ない」

禁止されているとはいっても、木々がざわつき、まるで語りかけてくるような夜の庭園は気味が悪いと初めから誰も近寄りはしない。

なるほどとアゼリアは納得したが、これについてはディモルにしっかりと伝わったらしい。しん、と彼が急に静かになったことに首を傾げると、ディモルは雪に埋もれた樹木に目を向け、ほんのりと口の端を上げてどこか悲しげで、優しげな顔をしている。

細い枝が雪の重みに耐えかねて、弓のようにしなりながら雪を落とす。

ざくり。

「……こんなに、綺麗なのにね」

夜の庭は、どこまでも色がなく真っ白で、とても綺麗なのに、と。

ディモル・ジューニョは笑顔の人だ。

ふとアゼリアはそう思った。

今は昼間だというのに彼のことを考えてしまったのは、この場所にいるからだろうか。

アゼリアの眼前には、彼女の何倍もの大きさの立派な樹木が真っ青な空に向かって広々と腕を伸ばしている。樹木の頭はすっかり禿げ上がっていて寒々しいが、濃い茶色い樹皮の色は力に満ちあふれているようだ。

二月ほど前、アゼリアはその樹木の根本を必死に掘り返した。それが、今は雪の中にすっかり埋もれてしまっている。樹木を墓標代わりにして先代の骨を埋めた土は、もうすでに雪化粧で見えない。

両手を合わせながら頭を下げ、「今日も、何事もなく平和でありますように」と日課のような祈りとともに報告の言葉も心の中でひっそりと告げた。

あなたの知り合いらしい、ひどく男前な、金髪の騎士がやって来るようになりましたよと。あとは……。

しばらくそのままに目を瞑っていると、不機嫌そうな可愛らしい声が聞こえる。

「……いつもよりも、随分長いのね？」

「そうかな？　伝えることが多いからかも」

ふうん、と鼻白むように相槌を打つルピナスは、アゼリアの肩にちょこんと乗っていた。

アゼリアはとっぷりと沈んでいた思考を引き上げてちらりと妖精に目を向けた。少し、考え込みすぎてしまっていた。そしてまたゆっくりと瞳を閉じる。今度こそ大丈夫だ。

この場所は先代の墓だ。彼は死んだ後はそのへんに捨て置いておけと言い残して去っていってしまったものの、まさかそのままにするわけにもいかずアゼリアはゆっくりと先代の墓を掘った。

まだ、本格的に冬に入る前のことだ。

譲り受けた土人形を使えばあっという間に終わることはわかっていたけれど、どうしてもそうする気になれずに、肌寒くなってきたはずが、アゼリアは全身を汗だくにして大きなスコップを硬い土に滑り込ませた。ひどく重たい感覚であったことを覚えている。

幾度目かの茶会の後で、「おじいさんの墓参りをしたい」とディモルはアゼリアに伝え、アゼリアは了承した。夜の庭園をざくり、ざくりと雪を踏みしめ案内し、連れてきたディモルはそっと両手を合わせ、今のアゼリアのように頭を下げた。

顔すらも覚えていないという老人の墓に頭を下げるディモルは、一体どんな面持ちであったのか、アゼリアには想像もつかない。笑顔を絶やさず、いつも柔和な彼は、このときばかりは凍てつくような寒さに体の芯まで縮こまっているように見えた。

——とても静かな時間だった。手袋をしていても手がかじかんでいくような、寒い夜だった。

今は頭の上には少しばかりの太陽が昇っている。

それだけでも寒さは和らいで、日中の作業もしやすくありがたい。

「先代。私はそろそろ南の作業にも慣れてきたところでして。というのはまあ、口先だけなんですけど」

心の中だけで話すのは少し寂しいので、ぶつぶつと呟いてみる。そうだ、とアゼリアは顔を上げた。

「あの花園も、もう少しで満開になります。今までで一番の開花になるかもしれません」

「ねぇ、アゼリアって、あの人がお墓に入ってからの方がよく喋るわね？」

「……否定しないし、木が返事代わりに枝を揺らしてくれるから、話しやすい、というところもあるかも」

口下手が二人そろうとただ面倒だということだ。特にアゼリアは不可思議な瞳があるから、人と目を合わせて話すことができない。人を傷つけたくないし、不快にさせたくもないといつも強く願ってしまう。

「ねぇ、伝えることが多いって、あの金髪のこと？」

先程のことだろう。ルピナスが小さな頬を必死に膨らませて、不機嫌な顔をしている。

「どうかな」と返事をかわすようにアゼリアはにこりと笑う。

もちろん考えていたのはディモルのことだが、そのことをはっきり伝えてしまうと、この小さな妖精は膨らませている頬を、さらにぱんぱんにすることが目に見えている。

「……言っとくけど、わかるわよ。わかってるんだから！　私が怒るから、適当に返事をしているんでしょう」

「うん、そう。なんでばれたのかな」

「もおお！　あっさりと認めないでよ！　そこがアゼリアの悪いところよ！　なんでもかんでも、まあいいやって思っちゃうところ！」

「そう、かなぁ……」

もしかすると、耳が痛いことを言われたような気がする。困って、考えてしまった。

実はこのところ、アゼリアはいつも同じことを考えて、まあいいや、と途中で思考を放棄してしまうのだ。そのことを先代に報告する体で、自分自身に問いかけていた。

「さて、仕事をしようかな」

でもやっぱり、結論が出ることはなく、まあいいやで終わってしまって、アゼリアは先代の墓に背を向けて、雪にさしていたスコップを引き抜く。そしてさくり、さくりと歩を進める。

「……あの男だから？」

いつの間にかアゼリアの肩から降りたルピナスが、アゼリアの背に問いかけた。

「あの男だから、特別なの？」

もちろん、返事はできない。振り返ることも。そうしたら、きっとルピナスが泣き出しそうな顔をしていると、はっきりとわかってしまうからだ。

「どうかなぁ……」

答えには、どうしても窮してしまう。

それでもアゼリアは庭師だから。庭の手入れをしながら、ちりちりと鳥の声を聞いた。スコップで土の具合を確かめて、枝が邪魔なら木に登り剪定して、川の水の流れに滞りがないことを把握して一日を終える。もちろん貴族エリアに赴き、土人形に指示をして管理をすることもある。

そうこうするうちにすっかり日は落ち始めて、オレンジ色の夕日がとっぷりと雪の色を染めていく。ときおり、小さな鳥たちが細い木々の枝に止まりみるみるうちに体を膨らませて一息ついているその様を見て、そっと目を細めながら考えた。

この庭のことが、好きだ。だからアゼリアは影にならなければいけない。

今はまだ、蕾も眠っているけれど、来るべき春に向けて、王や、土の精霊のために、アゼリアは生きている。大丈夫だ。

そのときだ。ふいに夕日の中でかしましげな声が響いた。見るときらびやかな、可愛らしい色とりどりのドレスを着た少女たちがきゃらきゃらと笑い声を上げて、「まあとっても寒いこと」と楽しげな様子でこちらに歩いてくる。

貴族のご令嬢たちであることに間違いはないだろうが、なぜここに、と考えた後で首を振る。暖かな貴族エリアからは少し遠いが、ときおり物見遊山のように足を運ぶ貴族もいる。少女たちも、そのつもりですぐにもとの道に戻るつもりだったのだろう。

遮蔽物もない一面の雪の中だ。少女たちがアゼリアに気づくのは無理もないことで、彼女らはアゼリアを見て一様に眉をひそめた。どうするべきかと逡巡して、すっかり固まってしまったアゼリアだったが、

「いやだ、目が汚れてしまいますわ……」

と、一人の少女が呟いた声が、妙に耳に残った。

慌ててフードを引っ張り、力の限り頭を下げる。耳が、とにかく熱い。

「戻りましょう、バーベナ様」

「ええ、そうね」

「汚いスコップですこと」

「あら。私は以前、じょうろを持っているのを見たわよ。それももちろん汚かったわ」

ピンクブロンドの髪の少女を取り囲んできゃらきゃらと会話をする彼女たちの声を、アゼリアはただ頭を下げたまま心に留めた。

(……ついこの間、同じようなことがあった気がする)

すでに少女たちの姿はない。けれど、残ってしまった感覚はずっしりとアゼリアの胸にこびりついた。そうだ、そのときも、『下手くそな影』だと。『不愉快』なのだと言われた。

そのときは、なにも気にならなかったはずなのに。

頭を下げたままのアゼリアは、自身の服を強く掴んだ。分厚くて、やぼったいローブ。それに、汚いスコップ。耳が熱くなってしまったのは、きっと本当のことを言われたから。

アゼリアの胸の内に広がっていたもの。それは罪悪感だ。

そして先代の墓で手を合わせながら考えたことは、どうしてあの日、自分はディモルにお菓子を持ってきてほしいという言葉が口をついて出てしまったのだろうということ。あの男だから特別なの？　とふいに問いかけるルピナスの声が聞こえたが、これはアゼリアの勝手な心の声だ。雨が降り、なにも見えないような暗闇の中で、アゼリアを呼ぶ声も聞こえる。

すべては、ただの幻影だ。過去の幻だった。

「アゼリア、大丈夫……？」

現実のルピナスは、顔を伏せたまま唇を噛みしめてぴくりとも動かないアゼリアを心配しているだけだ。アゼリアは、今できる精一杯を振り絞って、泣き出しそうな顔を上げた。

「大丈夫、ごめんね」と、謝ったが、悲しげな妖精の顔を見ることができなくて、ふいに視線を遠くへと投げかける。いつの間にか、木々の向こうへと夕日が沈み、吸い込まれていく。――また、夜がやってくる。

ディモルは、今日も来るのだろうか？

「……ただの影が、お茶会を楽しみにしているだなんて」

ディモルはアゼリアの名も知らない。それは、アゼリアが彼に名を伝えていないからだ。でも彼だって、アゼリアの顔も、どんな人間なのかも、本当はそれすら知らない。なぜなら、毎日夜の記憶を失ってしまうのだから。

まるで親しい友人のように思ってしまう気持ちがあるのに、こんなのアゼリアからの一方的な感情だ。互いの間にあるのはただの薄っぺらな関係であることを知りながら、見ないふりをし続けていた。汚い影が、ただの人間のように振る舞っているなんて。

それは、なんと滑稽なことだろう。

「ルピナス」

「な、なあに？」

ふいに黙りこくったアゼリアを、不安げにルピナスは見上げていた。「心配をかけて、ごめんね」と人間嫌いの妖精に謝ると、ルピナスはアゼリアとよく似た紫の目を驚きに見開いていた。

「……次に、ディモル様が来たとき。もう来ないでくださいと伝えるよ。それが、一番なんだよ」

ルピナスは、なにも言わない。代わりにゆるゆると羽の動きを小さくして、その小さな手をアゼリアの手にのせた。アゼリアがわずかに微笑んだのは、別に強がりなんかじゃない。

そうすべきだと思ったからだ。

――その日の夜のこと。ディモルはいつも通りに手土産を持って、アゼリアのもとを訪れた。

けれど、アゼリアが彼に伝えることは、もうすでに決まっている。

「ディモル様、お礼の品は、こちらでもう最後にしていただいて結構です。今まで本当にありがとうございました」

なぜ、どうして。そういった疑問は、ディモルの口からは一切出ることはなかった。アゼリアからの全身の拒絶を受け取っていたのだろう。

「……これからも、きみはただ一人きりで生きていくのかい」

アゼリアにはルピナスがいる。

ディモルには、妖精である彼女の姿が見えないから、そう言っているだけだ。でも、彼が話していることは、そういった言葉遊びのたぐいではないということもわかっていた。

雪の中で、アゼリアはただ真っ直ぐに立っている。スコップを握りしめて、遠い空を仰ぎながら。

「それが、私の役目ですから」

ただ一人の庭師として。そして、影として。

庭園を守ることが、アゼリアの役目だ。

昨夜のことを思い出しながら、アゼリアは不思議と気持ちが落ち着いていることに気がついた。もう来ないでほしい、と。はっきりとは言わないがそれと似た内容のことを伝えたことで、ディモルの瞳はとても寂しげだったように感じたが、おそらくアゼリアの気の所為だ。一瞬、どきりとしてしまったが、アゼリアの言葉に対して、『そうか、わかったよ』とディモルはあっさりと頷いたのだから。

昨日はいつもよりも雪がよく降っていた。肩や頭を降り積もった雪で真っ白にしたディモルを見ていると、お茶だけでも飲んでいきませんか、と声をかけたくなってしまったが、アゼリアはぎゅっと唇を噛んで、その言葉を呑み込むように小さく首を横に振った。

そのとき桃色の髪色がふと視界に映り込み、自分の決断に間違いがなかったことを確信した。人と瞳を合わせることができず、夜には髪色まで変わってしまう。こんな不気味な影が、一体どうして人と関わることができるだろうか。

思わず瞳を伏せ、そして次に顔を上げたときには、ディモルの姿はすっかり消えてしまっていた。唯一残っていた足跡でさえも、降りしきる雪の中で次第に消えてしまった。

「アゼリア、もしかして今日は街に行くの？」

昨夜のことがあったから、気遣わしげにルピナスが声をかけてくる。少し、色々と思い出してしまっていた。アゼリアはわずかな間の後で、

「そう。最近はご無沙汰だったから。そろそろ行った方がいいかなって思ったの。それに今日は夜が本番だし、それまでに別のできることをしておこうかなと」

と、言って古い保管箱の中身をもう一度確認する。

中にはアゼリア手製の茶葉がいっぱいに詰め込んであった。庭師としての職を持つアゼリアだが、先代から別の仕事も引き継いでいた。それが、手作りの茶葉を街に卸すことである。

庭師としての給金は十分にもらっているし、食材などの必要品以外の出費といえばときおりお茶の道具を新しくしたり茶葉を購入したりするくらいで、先代もアゼリアも自身の装いに無頓着だったから金に困っているわけではない。

一体どのような流れで先代が街に作った茶葉を売るようになったのか詳しい逸話は知らないが、紅茶の淹れ方から茶葉の作り方までアゼリアは伝授されており、結局茶葉を作ったとしてもアゼリア一人と妖精一人の消費では限度がある。

(最近は、ディモル様がご一緒だったから、それほど困ってはいなかったけれど……)

とまで考えて、「よし」とアゼリアは紅茶を箱から取り出し、鞄に詰める。

紅茶は湿気に弱く、新鮮さが命だ。一番美味しいときに、ゆっくりと味わって飲むべきだとアゼリアは思っている。余ってだめにしてしまうくらいなら、他の誰かに飲んでもらった方が嬉しい。

だからきっと、先代もそれくらいの理由だったんじゃないだろうか。

「これくらいで大丈夫かな。少なくはないよね」

「いいんじゃないかしら？　久しぶりにお菓子も買いましょうよ！」

「本当に、ルピナスはお菓子が好きだね」

わざと明るい声を上げているのは、互いに気づいていたけれど、アゼリアはルピナスの気遣いをありがたく思った。


そうしてアゼリアは庭園から出て、久しぶりの街へと訪れた。

人が多い場所はいつも息苦しく感じる。周囲の目に入らないように、そっと存在を消しながら、肩掛け鞄の紐を握りしめて俯きながら歩く。暗い色のローブは街の中だと逆に目立ってしまうので、さすがに少し明るい色の服に袖を通している。顔を隠すように下を向いて歩いていれば、誰もアゼリアのことを影だとは思わないだろう。

――人が多いから、街は怖い。

自分がいつもよりもさらに似合わない服を着ていると考えると、情けない気持ちが膨らんでいく。けれどもそれが当たり前のことなのだとわかっているから、それ以上には心は揺さぶられない。汚い影だと言われようとも、きっともう、なんとも思わない。

口元はぐるぐるとマフラーを巻いて隠していた。先代からもらったものだ。少しでも顔を隠したいと思っていたから、こうするとほっとする。

「そろそろお店かしら？」

「うん、そうだね」

ルピナスが鞄に入るので、出入りしやすいようにボタンは一つあけることにしている。

ぴょこりと鞄から顔を出して話すルピナスに、アゼリアは周囲には聞こえないくらいに小さな声で返事をした後、向かう先を見つめた。

傾斜(けいしゃ)がかったレンガ造りの道の端(はし)はいつもちょろちょろと水が流れていて庭園の小川を思い出すが、ここはひどく植物が少ない。アゼリアは王都に来る前は森の中で生まれ育ったから、何度来ても慣れないものは慣れない。

いつの間にか居心地(いごこち)の悪さからか息を切らしながら、やっとの思いで店にたどり着いた。吐(は)き出していた白い息を店の前で呑み込んで、ぐっと深呼吸を繰(く)り返した後に扉(とびら)をあける。ドアベルの音を立てながら店内に入ると、「いらっしゃいませ！」と店の奥から声が聞こえたが、すぐに丸眼鏡(まるめがね)の老人はじろっとアゼリアに視線を投げた。

「……ってなんだあんたか」

「相変わらず、愛想(あいそ)が悪いこと」

と、堂々とルピナスは文句を言っているので気づかれないように苦笑(くしょう)してしまった。

アゼリアは客のいない店内を歩き、眼鏡の老人と瞳を合わせぬようにとそっぽを向いて小袋に包んだ茶葉を勘定台の上に置いた。

「じじいの茶葉もいいが、あんたのも悪くない」

店主が言うじじいとは、先代のことである。眼鏡のつるをいじりながら出した茶葉の確認をした店主は、「あいよ、次はもうちょっと多くしてくれ」と言って、じゃらりと数枚の硬貨を置く。アゼリアはそれを受け取りながら困って、少しばかり間を置いた後に「できる限りなら」と小さく頷いた。

「いらっしゃいませ！」

アゼリアが硬貨を鞄の中にしまい込んでいたときのことである。先程と同じくドアベルの音が響くと同時に愛想の悪い店主が一瞬にして笑顔になり、そそくさと立ち上がり客を出迎えた。

アゼリアも思わず流れるように視線を移動させ、すぐにかちんこちんに固まった。

「ここは茶葉もいいが、菓子も中々って噂だぞ」

「……僕は、まったく詳しくないからな。いつも教えてもらってありがたい」

なんと店に入ってきたのは、ディモルと見知らぬ青年だった。アゼリアは驚きのあまりに目を丸くした後、はっとしてフードを被ろうとしたが、今日はいつも着ている服と異なるためにフードがない。その代わりにマフラーをさらに引っ張って隠れる場所を探して不自然にきょろきょろしてしまった。

が、よくよく考えればディモルはアゼリアの顔を知らない。なんせ、彼とアゼリアを繋ぐものは、彼の日記のみなのだから。しかも夜とは髪の色も違うわけだし、気づけという方が無理だろう。

とはいえもう会うことはないだろうと思っていた相手に、ばったりと会ってしまったのだ。指が震えてしまって鞄のボタンが中々留められないことがアゼリアの心境を表していて、「がんばって、アゼリア、私が留めるから、がんばって！」とルピナスに応援されてしまっている。

きっともう、なんとも思わない……なんて考えていたはずなのに、すっかり動揺してディモルと連れの青年に背を向け、とりあえず必死に店の端に移動した。しかし後ろから漏れ聞こえる二人の会話に、どうしても耳をすましてしまう。

「チョコ、クッキー。ああ、タルトも食べたから、それ以外となると……」

「それ以外となると苦しいラインナップになってくるぞ。いっそ花にしたらどうだ？」

「花はちょっとな」

聞き覚えのある菓子の種類だと思ったが、その頃になると、ディモルが自分なんかに気づくわけがないということを改めて冷静に理解し始めていた。だったら素知らぬ顔でさっさと横を通り抜けて行ったらいい。

見るからに裕福な家柄であることがわかる風貌であるためか店主は熱心に接客しており、

早速アゼリアから買い取った茶葉まで売り込んでいる。少し恥ずかしくなってしまう。

「今よ！　逃げましょう！」と話すルピナスの声は聞こえていたけれど、落ち着きが出てきたからか、かえって視線はディモルのもとに吸い寄せられてしまった。

夜の庭園で出会うときよりも不思議と輝かしく見えるのは、店内の窓からこぼれる昼間の光のせいだろうか。けれどアゼリアが知る彼よりも、どこか表情は硬く真面目そうな雰囲気だ。もっと子犬みたいな、誰にでも人懐っこいような。そんな印象だったけれど、彼にも色んな顔があるのだろう。

隣にいる金の色の瞳をした短い赤髪の男性は、ディモルよりもわずかに背が高い。年はディモルと同じくらいだろうが、ディモルがすらりとしているならば、男性はがっちりとした体つきで、見るからに体を鍛えていることがわかる鋭い目つきの青年だった。

ふと思い出したのは、以前にディモルが菓子のことはよくわからないから、同僚に聞いているという言葉。もしかすると、彼がそうなのかもしれない。

「毎回誰に渡しているんだ？　もしかしなくとも恋人か？」

「ば、馬鹿を言うな！」

からかうような赤髪の青年の言葉にディモルは目を見張って首を横に振っている。

その姿をアゼリアはぼんやりと見つめていたのだが、ふいにディモルの連れの男からの視線を感じた。男はじろりと眉根を寄せて、アゼリアを強く睨んだ。

瞬時にアゼリアは顔を真っ赤にして鞄の紐を掴み、店から飛び出すように逃げ出した。そのとき、するりと首元からマフラーが抜け落ちてしまい、「おい、落としたぞ！」と店主に声をかけられたが、気にしている場合ではなかった。

ただただ、恥ずかしかった。

なぜこうまで胸の内がひっくり返りそうなほどに苦しくなってしまうのか。そんなのアゼリアだってわからない。庭園まで必死に逃げ帰ったとき、ふと息が楽になった。たくさんの植物たちがアゼリアを出迎えて、大丈夫かと声をかけてくれる。その一つひとつに返事をして必死に忘れることにした。

小屋に戻って着替えをして、いつも通りに仕事をして、庭園を見て回った。けれどもどうしても、ふとしたときに思い出してしまう。

（誰のために、お菓子を買っていたんだろう……）

もしかして、と考える自分が一番恥ずかしかった。

自分の胸の内がわからない、なんて考えたのは真っ赤な嘘であることは、アゼリア自身が一番よくわかっている。もう来るなと言ったのはアゼリア自身なのに、わずかな期待が胸を打ってしまう。だからこそディモルの連れに睨まれたとき、顔を真っ赤にして逃げ帰ってしまったのだ。

でも多分、すべてはアゼリアの都合のいい想像なのだろうとも思ってはいた。突き放したのはアゼリアだ。もともと互いの間にはなんの関係もなかったくせに。

けれどその夜、また静かに小屋の扉を叩く音が聞こえた。とんとん、とんとん。

もちろん窓の外は真っ暗で、丁度外出をしようとローブを着込んでいたアゼリアは驚いて扉を見つめた。胸の前でぎゅっと手を握りしめて、こくんと唾を呑み込んだ。ルピナスが、アゼリアの肩に止まって硬い表情のままそっと息を吐き出している。

それきり、ノックの音は止まった。気づけばアゼリアはフードを深く被り顔を隠しながら近づき、扉をあけてしまっていた。

「こんばんは、ディモル・ジューニョです」

お約束の言葉だ。こんばんは、影です、とアゼリアだって言いたかった。でも言えなかった。ただ困ったように笑うディモルと見つめ合って、外からの冷たい風をいっぱいに受けた。

ディモルとアゼリアはお互いなにも言うことができなくて、静かに見つめ合っていた。けれどディモルの頭の上にたくさんの雪が積もっていることに気づいて、「あっ」とアゼリアは片手を伸ばそうとした。が、ディモルも自身の状況に気づいたのか、「ごめん」と言いながら頭を叩こうとしたので行き場がなくなってしまった手は、中途半端な位置で宙をさまよう。そのことにディモルもぱっと目をあけて、互いにあわあわと行ったり、来たりと手を移動させ、最後にはまたどうすることもできずに戸口を挟んだまま、しん、と向き合ってしまった。

（なんで……違う、そうだ、まずは帰ってもらったらいいんだ）

もうお菓子はいらないのだときちんと伝えたのだから、真っ直ぐに、はっきりと同じことを言えばいい。そう思って顔を上げたのに、ディモルの困ったような子犬のような瞳を見るとなにも言えなくなってしまう。思わず勢いよく俯いてしまった。

なんせこの間伝えたことで、勇気は一滴残らず使い切ってしまっていた。

アゼリアができたことといえば、ただぎゅっと目を瞑ってこのまま時間が過ぎ去ってもらうことを祈ることだけだ。

「……ごめん」

そうして耳を真っ赤にして震えながら下を向いていると、唐突に小さな声が聞こえた。

もちろん、それはディモルの声だ。

「これで最後にしてほしいと言われたのに……ただ、どうしても、伝えたいことがあって。僕は、きみのことを知らない。知っているのは日記の中にいるきみだけだ。でも僕は……毎朝起きる度に、自分の日記を読み返すことがすっかり楽しくなっていて。こんなの、本当に初めてのことだった。……今までは、日記を読み返すことはただの義務だったはずなのに」

アゼリアはディモルの顔を見ることもできない。ディモルがどんな顔をしているのかわからない。けれど、大事なことを伝えようとしてくれている。それだけは理解できた。だから唇をぎゅっと噛みながら、耳だけは必死にすました。

「どうせ忘れてしまった記憶だ。読み返すのは、翌日の自分に齟齬が出ないようにしているだけなんだよ。本当は別に書きたいわけでも、読みたいわけでもないんだ。でも、きみのことが書かれている日を読むのは、すごく、楽しみで」

だから、少しショックだった。と、こぼされた言葉に、どういう意味だろうと考えた後に、遅れてぎゅっと胸が痛くなった。アゼリアが、拒絶をした日のこと。そのことを言っているのだとわかったから。

「僕が、一人勝手にきみに会いたいと思っていただけかもしれない。でも、日記で読む限り、少なくともきみに嫌われているようには思えなかったんだ。夜の僕には、きみが楽しそうに見えていたんだよ。だからもう一度、いや、また会いたいと……。もちろん、全部僕の勘違いかもしれないから、はは。こんなことを言うのは、すごく恥ずかしいけれど」

気の所為なんかじゃない。アゼリアだって楽しかった。いつ来てくれるのだろうとディモルが来る日を心待ちにしていた。それこそ、ルピナスが呆れるくらいに。

「きみが、どう思っていたのか知りたくて。だから、最後にもう一度来たんだ」

最後に。

その言葉を聞いたとき、気づけば自身の服を握りしめていた。でも、声が出ることはなかった。ただじっと俯いて、時間が過ぎ去るのを待った。

「ごめんね。……きみが育てた花を見てみたかったな」

ディモルが小さく息を吐き出す音が聞こえる。アゼリアの態度そのものが答えのようなものだった。なのに、えっ、とアゼリアは声を上げそうになった。でもそれでも、自尊心のようなわけのわからない感情が邪魔をして、アゼリアは動くこともできずに、ほたり、ほたりと冷たい雪ばかりが積もっていく足元を見つめた。

ふいに、ディモルが動いた。ざくりと音を立てて、一歩後ずさる。そして、くるりとこちらに背を向けるように動いた音が聞こえて、足音は次第に少しずつ遠ざかっていく。

行ってしまう。

手袋もしていない指先がじんじんとかじかんで、鼻の頭が寒さでつんと痛くなった。これでいい。これでいいんだ。アゼリアは人と関わらずに生きていくと決めていた。影として庭園を守り、そして死ぬ。そのために生きている。だから、ディモルと会うのは今日で最後だ。後悔はするかもしれない。でも。

——そこがアゼリアの悪いところよ！　なんでもかんでも、まあいいやって思っちゃうところ！

まあいいや、とまで思ったとき、ふいにルピナスの声が聞こえた。が、記憶の中の声だ。今のルピナスは、アゼリアのローブの中で、静かに息をひそめている。

以前ルピナスに怒られてしまったとき、それがアゼリア自身なのだと思っていた。

跳ね上がるように顔を上げて、転げ落ちそうなほどに必死に走り出した。「アゼリア⁉」とローブの中にいるルピナスが、驚いたような声を出している。雪に足を取られて何度も躓き被ったフードが風の中で脱げてしまった頃には、なんとかディモルの背中に追いついて、勢いのままに後ろから抱きついていた。

「えっ、わあっ⁉」

「私は——ただの、臆病者です！」

慌てて振り返ろうとするディモルの声を遮るように、大声を出した。こんなに大きな声を出したのは初めてのことかもしれない。喉がひりひりして痛くて、熱い。冷たい風が、心地よくなるほどに。

「私は、人と、関わる価値のない人間です。あなたに……ディモル様には言えないことばかりです。秘密を伝える勇気など、欠片もない……」

「ま、待ってくれ。そんなの僕の方がそうじゃないか。夜の記憶をなくしてしまうことをごまかして、口先だけで生きている僕の方が、ずっと臆病者だ」

やっとのことで絞り出した言葉に対してのディモルの返答に、「そんな！」とアゼリアが否定の声を上げたとき、背中を振り返るようにしていたディモルとぱちりと目が合って、自身の現状を理解した。

　ディモルの立派な外套がしわになるほどに力いっぱい両手で握りしめていて、その上今の今まで、額を押し付けていたのだ。「あ、あ、あ……」と顔を真っ赤にして思わず距離を取り尻もちをつきそうになったとき、ディモルに片手を掴まれ引っ張られた。それから真っ直ぐに立ったはいいものの、握られた自身の手に意識が移動し、わっ、と同時に二人で小さな声を出してまた距離をあけてしまう。勢いづいた自身の行動が恥ずかしくて片手で口元を隠した。

　そしてフードが脱げてしまっていることを知り、急いで両手で被り、フードの縁を引っ張る。

　ディモルもディモルで赤くなった首元をごしごしと手のひらで擦っていたのだが、残念ながら互いに、互いの様子には気づかなかった。

「す、すみません。お洋服を、その」

「あ、うん。気にしなくてもいいよ。大丈夫、なんともないから」

　潰れていないかな……とディモルはなにやら小声で呟き服を確認していたが、アゼリアはそれどころではなかったので、問いかけはしなかった。が、「えっと……」と、ディモルが次にアゼリアに声をかけたとき、びくりと大きく肩が震えた。

「また、来てもいい、という意味でいいのかな……？」

「あ、その」

でも、と口元がもごついてしまい、それ以上、うまく伝えることができない。自分は人と関わるべきではない、という気持ちはどうしても拭い去ることができなかった。なんせ、それはずっと以前から、いや、十年前からアゼリアの中に染み付いてしまった気持ちである。

「いいよ。僕が勝手に来るから。嫌なら嫌ってそのとき教えてくれたらそれでいい。ただきみのことが知りたいんだ。……おじいさんみたいに、会えなくなってから後悔はしたくないからね」

そのとき思い出したのは、先代が死んでしまったと知ったときのディモルの悲しそうな顔だ。そして、先代の墓の前で静かに祈っている姿。

アゼリアを困らせまいとしたのだろう。「また来るよ」とディモルが、一歩引こうとしたとき、アゼリアはディモルの外套の裾をちょんと摑んで引っ張った。待って、と伝えたくて。

「あ、あの」

しかし結局言葉にならなくて、そのままうなだれてしまった。

「……うん」

たくさんの時間を、ディモルは待ってくれた。アゼリアは長く息を吸い込んで、そして吐いて。

「案内……したい、ところが、あります」

やっとそれだけのことを、伝えることができた。


アゼリアはディモルの前を歩き、さくりさくりと道を進んだ。

いつの間にか雪はやみ、少し傾斜した道に薄く積もった雪の上を二人分の足跡をつけて、北に、北に進んでいく。

二人の頭の上では、ぽかりと月が浮かんでいた。歩けば歩くほどに、月が追いかけてくるように錯覚する。ほう、ほう。どこからか鳥の声が聞こえた。アゼリアが歩くと、枝に積もった雪がわずかにこぼれて、としとしと音を立てて落ちていく。

どこに向かっているのか、とディモルはアゼリアに問いかけなかった。まだ随分緊張していたから、アゼリアはそのことがありがたかった。

ただ静かに道を歩き、まるで森のような木々をくぐり抜けた。やっと着いた、とほっとしてアゼリアが振り返ったとき、ディモルはただ呆然として目を見開き、その光景を見つめていた。

「一体、ここは……」

どこからか、ひゅうひゅうと風が吹いていた。

ぽっかりと木々がない広々とした草原のようなその場所には、青い花が敷き詰められ、月明かりがゆっくりと照らしていた。さわさわと流れる風に揺れる一面の花は、棘のない薔薇に似ていた。よくよく見ると、まだ蕾のまま、花弁はきゅっと口元を閉じている。

「庭師の、花です」

ようやくアゼリアは声を出すことができた。自分にとっては、とても大切な場所で、代々の庭師以外は誰も知らない花園。だからどうしたと言われてしまったらどうしようと思う気持ちと、ただ伝えたかっただけだから、それでもいいと思う自分がいる。

ディモルがさらに質問を重ねようとしているのがわかったから、慌ててアゼリアは自身の口元に指を置いた。もう少しだ、と花園に視線を落とす。ぱちり、とディモルが一つ、瞬いた。そのときだった。

音もなく、一本の花がまるでこぼれるようにゆっくりと蕾を開いた。

それを皮切りに、ふたつ、みっつ。ゆっくりと蕾の花が開いていく。ほたほたと雫が落ちるように、青白く、花は光り輝いている。まるでいくつもの蛍の光が集まったような、そんな光景だった。すべての花が月の光を浴びるように真っ直ぐ上を向いて咲いたその瞬間、大きく風が吹いた。

今度こそ、ディモルは息を吞む。

アゼリアの脱げたローブのフードが、海の中を泳ぐようにはためいている。ざあざあと花びらが舞い散って、アゼリアの桃色の髪も夜空の海に揺らいでいた。

呆然とするように、ディモルが呟く。

「花びらなのに、まるで青い雪が降っているみたいだ……」

「多分、最初に見た庭師もそう思ったんだと思います。だから私たちはこの花を雪の花と呼びます」

いつかのとき、小屋に落ちて溶けて消えてしまう牡丹雪を雪の花とアゼリアは呼んだが、思い出していたのはこの花だった。

一瞬にして消えてしまう、青くも、月の光で白くも輝く不思議な花。

……ざわざわと花びらは夜を泳ぎ、少しずつ消えていく。

「ここは庭師にとって、とても大切な場所なんです。魔力で育つ、一晩限りのこの花を咲かせることができるのは、庭師だけです。だから、私が、私であることを証明できる、一番の場所、で……」

また、しんとした夜がやってくる。

知りたいと言われたから。アゼリアが育てた花を見てみたかったと言われたから。

アゼリアだって、ディモルに叫ぶほどに伝えたい気持ちがある。けれど言葉を尽くすことは苦手だ。だから自分の一番大切な場所に連れてきた。それが、証明になると思ったたから。そんなのはただの言い訳で、アゼリアはただ、この美しい光景をディモルに見せたかった。

本当は、それだけだった。

一体、どんな反応をされてしまうんだろう。こんなものを見せるために、ここまで連れてきたのかと呆れられてしまうだろうか。

アゼリアはじっと息を殺してディモルの言葉を待った。ディモルはぴくりとも表情を変えず、散ってしまった花園に目を向けていた。想像していたどんな反応とも違っていてアゼリアは困惑したが、次にディモルが発した言葉は、アゼリアにとって、ひどく意外なものだった。

「……多分、僕はこの光景を見たことがある」

「え？」

「見たことがあると言っても、おそらくだけれど。子どもの頃に書いた日記の中に書かれていた場所だ……」

そうして、ぽつり、ぽつりとディモルは幼い記憶を語った。子どもの頃に、どうしても辛くなって家をこっそりと抜け出してしまったこと。

そしてそのとき、この場所にたどり着き、先代と出会ったこと。

「見つかったとき、おじいさんにはどやされたよ。ここは子どもが来ていい場所ではないし、そもそも、夜中にどうしてふらついているのかと。今考えると当たり前のことなんだけど、そのときの僕はちょっとすさんでいてね。どうして自分だけ夜の記憶を忘れてしまうのか。夜の外出を制限されてしまうのか……。子ども心にどうしようもない苛立ちを抱えていたんだ」

瞳はいつしか夜空を見上げていて、口調とは異なり、ディモルの口元は懐かしそうに微笑んでいた。

「朝になって記憶を忘れて、日記を読み返したときに、庭師のくせになんて失礼なやつなんだと腹を立ててしまった。でもとても綺麗だったと書かれたこの場所のことも気になって。けれどうっかり、日記に場所を書き忘れてしまったんだ。だから、なんとか場所を探してやろうとあくせくしているうちに、またおじいさんと出会って……」

少しだけ想像した。

幼い少年が、自分の日記の文字を指でなぞるように読んで、怒ったり、不貞腐れたり、でもやっぱりと考え込んだり。

それは可愛らしくもあったけれど、少しだけ寂しいような気もした。ディモルは、ずっと日記を通して先代と話を続けていた。それこそ、物語の中に住む住人と本の中で語らうように。

「おじいさんには、大事なことを教えてもらったんだ。その中には忘れられないこともたくさんある」

朝に目が覚めると、ディモルは夜のことを忘れてしまうから、先代とは直接出会った記憶が残っているわけではない。けれど、二人の間にあった絆が消えてしまうわけではない。

「……わかります」

だから、だろうか。

硬くこわばっていたアゼリアの心が、ゆっくりとほぐれていく。知らぬうちに柔らかく口が動いている。

「大切な人に告げられた言葉は、いつまでたっても忘れません。私にも、そんな言葉があります」

思い出すのは、いつも雨の日の夜空のこと。

空を見上げながら呟いたときに、はたと自分の失言に気がついた。伝えるつもりもなかったのに、とごまかすようにアゼリアは急いでフードを被って今度こそ口を閉じた。

「そうなんだね。いいな」

そんなアゼリアを見ながら、ディモルはわずかばかりに微笑んだ。いいな、と言われた言葉の真意はわからなかったけれど、奇妙に思われてはいないようだとほっとする。が、ディモルは唐突にくしゃりと笑った。

「……歯がゆいな。こんなに夜は美しいのに。僕はこの光景を明日に続けることができないから」

言葉を、いくら尽くしたところでたどり着かないんだと。悲しげで、寂しそうな。小さな声がアゼリアの耳に届いた。

冷たい風が頰を叩き、寒さがアゼリアのローブの裾をひるがえした。ディモルの外套すらも重くはためく。けれど二人を、月明かりが照らしている。

星が瞬く度に夜空を彩り、きらきらと輝いて、澄んだ空からこぼれ落ちてくるようにも見える。それはまるでここだけ時間が切り取られてしまったみたいだった。

「来年も、花は咲きます」

慰めのつもりなのだろうか？

自然と強い声が出てしまった。そうした後で自分が発した言葉の意味を考えると、またこの場所に案内する、と言っているようなものだとはっとする。ディモルも気づいたのだろう。驚いたような表情で、ぱちぱちと瞬きながらアゼリアを見下ろしていた。

違う、と言おうとして、今度こそきちんと伝えようと思った。

「わ、私は、先程も言ったように、言えないことだらけです。本当は、ディモル様には顔向けできないくらいに、情けなくて。それでも、それでも、いいとおっしゃってくださるのなら、どうか」

「——僕らは友人になろう」

アゼリアは勢いよく顔を上げた。まるでアゼリアの気持ちをすくい取るかのように言われてしまった台詞に驚いて、何度だって頷いた。次第に勢いよく首を縦に振るアゼリアを見守るように、ディモルは「ふふ」とかすかに笑って、「ありがとう」と小さなアゼリアの手のひらを取る。

「僕は、きみのことを忘れてしまうけれど。今日のことを書き留めて、何度だって読み返す。そして言葉の中のきみを捜すよ。約束だ」

なんて綺麗で、不思議な夜なんだろう。

ころり、ころころと彼らの頭の上ではいくつもの流れ星が落ちてゆく。

「あっ、そうだ！」

唐突にディモルはアゼリアの手を放してがさごそと自身の外套の中を探った。どうしたんだろう？　とアゼリアが小首を傾げて無言でディモルを見つめていると、「潰れていなかった！　よかった！」と明るい声が響く。

「もう菓子はいらないと言われただろう？　でもどうしてももう一度来たくて、別の手土産を持ってきたんだ。菓子ではなく、茶葉ならどうかなって。美味しいと評判の店を同僚に教えてもらったんだけど」

そう言って取り出したのは茶色い紙袋の小さな包みだ。見覚えのある店のロゴが刻印されており、さらにふんわりと漂う香りは間違うはずもなく。

「ふっ」

我慢しようとして、口から妙な息が吹き出てしまう。

「ふ、ふふっ、ふふふ」

「な、なにか僕はおかしなことをしたんだろうか……?」

もちろんいいえ、と首を横に振ってディモルにはお礼の言葉を伝えたが、アゼリアが店から逃げ出した後、店主は営業に成功したのだなと思うと、少しだけ面白くなってしまったのだ。

なんでもないですと言いながら、目尻に涙が溜まるほどに笑い続けるアゼリアを前にしてディモルは困ったように眉をしょげさせていたが、次第に彼もつられたように声を上げて笑いだした。

紺色の、澄んだ夜空の中に二人分の笑い声が温かく響いていた。

そのとき、ふとディモルは考えた。今日の日記はきっと書くことには困らない。けれどもきっと、いくら文字を重ねたところで、この光景には敵わない。

明日の自分に、どれほど今の自分の気持ちを伝えることができるのだろうかと。

（……伝われ）

明日の自分に、本当に少しでも。

どうか一欠片でも。

すっぽりとフードを被ったアゼリアの表情は、もうすっかり口元しか見えないけれど、きっと彼女は笑っているんだろう。

そう思うと、どきりと胸を打つ音が聞こえる。

彼女に大切と言われる誰かを、羨ましく思った。気づけば『いいな』と呟いていた自分にわけがわからず、ディモルは小さく首を振った。

——さて。

これは、誰しもが隠しごとをしている物語である。

ころころと流れ星がこぼれ落ちる空を、ピンクブロンドの髪の少女が窓辺から見つめていた。彼女の膝には生意気な口調の精霊がいた。なにをしているのかとからかわれて、少女は眉をひそめて精霊の耳を引っ張って、すぐさまお仕置きをしていた。

人相の悪い赤い髪の青年がいた。いつもは空なんて見上げないが、なんとなく顔を上げ、すぐに興味を失った。ゆっくりと道を歩きながら、手の中にある布袋を、ぽん、ぽんと投げて遊んだ。しゃらしゃらと、不思議な音がしていた。

そして、ルピナスは。

そっと隠れて、睨むようにディモルを見ていた。小さな手で自分の服をぎゅっと握りしめて、ただじっと、ディモルと、アゼリアを見ていた。

最後に一人。

幼い子どもが転がるように走っていた。ぼろぼろと、涙どころか鼻水まで垂らして、ただ必死に走っている。

「どうせ」と、呟いた声は、誰にも聞こえないように、声を殺して。

「ぼ、ぼくのことなんて……！」

ひくつくような声は、いつものことだ。ただ、彼は声を上げて泣いていた。

ひとりぼっちで、泣いていた。

「ディモル様、次にお会いしたときは、この紅茶を淹れさせてくださいね。絶対に、美味しく淹れることができる自信がありますから」

「本当かい？　楽しみにしているよ」

「任せてください」

「じゃあ僕は、また菓子を持ってこなきゃな」

たくさんの星が瞬く空の下で当たり前のように告げられた言葉に、アゼリアはぱっと目を見開いた。それからほんの少しだけ時間を置いて、くすりと笑う。

「……お願いします」

伝えたその言葉にどれほどの勇気が混じっているのか、きっとディモルは気づきもしないけれど。

「うん。約束だ」

自分の気持ちを紐解くのに必死になっていたからか目の前にゆっくりと持ち上げられたディモルの小指がどういう意味なのかわからなくて、首を傾げた。

すると催促するように「ほら」とわずかに指を振りながら声をかけられたので、思わず弾かれたように自身の片手を上げると、ディモルはそこに小指を絡めた。その手が一瞬、とても熱く感じたが、熱いのはディモルの指先ではなくアゼリア自身のような気がする。

互いになぜか無言のまま、絡めた小指を幾度か揺らした。

「……いつか」

ぽつりと、小さな声でディモルが呟く。寒さで赤くなった鼻を俯かせていたアゼリアは、フード越しにこっそりとディモルを見上げた。

「この美しい夜を、明日の僕に届けることができたらいいのになぁ……」

アゼリアに返事をしてもらいたいのではないだろう。自身の内からこぼれてしまったようなその言葉に、大丈夫ですよ、とも。そんな日が来ますよ、とも。精霊というものをよく知っているからこそ、伝えられる言葉を知らない。

だからじっと口を閉ざして、寂しげなディモルの顔を見つめることしかできなかった。

……それでも。

(本当に、そんな日が来たらいいのにな……)

次第にまた、はらり、はらりとこぼれるように落ちる雪に、そっと願った。

明日の、そのまた先の彼の願いが、いつの日か、叶いますようにと。

第三章　夜は通り過ぎる

ぱちりとベッドの中でディモルは目を覚ました。

窓の外ではちゅんちゅんと雀が鳴く声が聞こえる。ひんやりした朝の空気の匂いを吸い込みながら伸びをした後、静かにディモルは息をついた。そしてわずかな緊張とともにチェストの鍵穴を回す。かちり。

——きっと、昨日も彼女に会ったはずだ。

チェストの中からいつもよりもゆっくりと日記を取り出し、丁寧にページをめくっていく。もちろん、見るべきなのは最後のページだ。時間をかけて読み込んで、すべてを読み終えたときには、「そうか……」と、静かな声が漏れていた。

「僕は、あの花園に、行ったのか……」

ディモルが朝起きて一番にすることといえば、メモを読み、昨晩の内容を確認することだ。寝惚け眼のまま文字を見つめているうちに、いつも少しずつ思考が冴えていく。

メモといえば簡単だが、実際はずっしりとした重みのある分厚い日記だ。大抵は九時を過ぎるとすぐに眠るようにしているので、なにも書かれることはない。

なのにここ最近は楽しげな文字が躍るようになってきた。

『庭師の女の子と、お茶会をした』

そう書かれている文字だけでも嬉しげで、過去の自分が羨ましくなるばかりだったのだが、このところ少し事情が違った。あんなに楽しそうにしていたというのに、もう来るなと言われてしまったと書かれていたのだ。

実際ははっきりと伝えられたわけではないようだが、自分はそう感じ取っていたらしい。だから思わず狼狽した後に一旦は諦めたものの、やはりどうしても気になってしまい、菓子がだめだというのなら紅茶なら、と子どものような屁理屈で、再度小屋を訪れる決心をした……というところまでが、昼間の自分の記憶だ。

そこから先のことは覚えていない。けれども昨夜の日記を見る限り、うまくいったようだ。

「彼女と、友人になったんだな……」

声に出すと不思議な気持ちだ。一度も会ったことがないはずなのに、いつの間にか彼女はディモルの心の中に住み着いている。

「秘密を言う勇気がない、か。正直者だな。僕と大違いだ」

昨夜のアゼリアとの会話が書かれた日記の文字を見て苦笑してしまった。一体なにを秘密にされているのかわからないが、そんなことディモルにとっては些事にすぎない。なんせ、彼の方が嘘とごまかしばかりの人生を生きてきたのだから。ジューニョ家の呪いについてまさか家族以外に知る二人目の人間ができるだなんて、思いもよらなかった。秘密を教える人間は、先代の老人だけだと思っていたのに。

「……名前を、教えてくれないかな」

ディモルは嫌がる相手に尋ねるほど愚かではないが、どうしても気になってしまう。顔は何度か見たことがあるらしく、桃色の長い髪の可愛らしい少女だったと書かれている。そしてそんな彼女と、とても美しい花園を訪れたのだと。夜とはこんなに美しいものなのかと驚いたと切々と文字に書き連ねていた。

ディモルは書かれていた文字をゆっくりと指でなぞって、再度読み込む。そうした後で瞳を閉じて、想像した。美しい、夜。

「……はあ」

やっぱり口からため息がこぼれてしまった。そんなの、わかるわけがない。生まれてこの方、一度だって夜を見たことがないのだから。

――ディモル・ジューニョは呪い持ちである。

いや、ディモルではなく、ジューニョの男はもれなく精霊に呪われてしまう。

ジューニョ家は女系一家だ。ディモルには妹が一人いるが、男が生まれることはほとんどなく苦しみを分かち合う相手すらもいない。眠る前に記憶が消える前の出来事をメモしておけば問題のないことだが、書いた文字を読むことと実際の記憶を覚えていることは別ものだし、なにしろ手間だ。

騎士としての仕事ならばともかく、特に夜会ともなると苦痛極まりない時間であったことは否定しない。出会った相手の名前をメモして、覚えて、次の日に読み返す。それはなんとも苦しい作業で、さっさと夜会を抜け出すことを覚えてからというもの、果てしない生きやすさを感じた。

しかしなぜか次にやってきたものは、女たらしという不名誉なあだ名である。――いわく、ジューニョ家の長男が、いそいそと夜会から消えていくのは、目当てのご令嬢を手に入れたからであると。

一体それはどの令嬢だ、と初めて聞いたときは頭を抱えた。ただの噂話のままで終わればよかったものを、不思議なことにそのお相手を名乗る女性が、次々と声を上げた。

聞き覚えのない女性の名前が飛び出す度に困惑した。違う、と否定の声を上げればよかったのだ。そんな行いはしていないと誓って叫びたくはあったが、彼にはなんたって、記憶がない。

噂の中にはディモルと夜景を楽しんだとか、おしゃべりをしただとか、他愛もない話も入り交じっていた。もしかすると、些細なことだとメモを取り忘れてしまったのかもしれない、と口をつぐんでいたのがいけなかった。

いつしか噂が事実に変わって、彼は類い稀なる女好きということになってしまった。貴族の噂とは恐ろしいものだなと友人は腹を抱えて笑っていた。

そのときのありもしない噂を流した彼女たちからすると、実はディモルと少しばかりのきっかけを作りたかっただけらしい。なのにディモルが否定しないものだから、どんどんエスカレートしていってしまったというのが真相だったと後で知った。

――ジューニョ家には、どんな呪いも撥ね返す強力な精霊がいると囁かれるようになったのは、一体いつの頃だったか。

家についた精霊の力は、貴族同士の力関係にも密接に関わっている。精霊とて不死の存在ではない。だから少しでも力の強い精霊を次の世代に取り込み、さらなる地盤を強めようとする貴族たちにとって、ディモルは格好の餌だった。王太子からの信用もあり、地位もあり、目立った派閥に所属しているわけでもない。その上容姿も輝かしい。娘たちの心が躍るのも仕方ないことだ。

「……実際は、普通の呪いなんかよりも、よっぽど強力な呪いにがんじがらめになっているだけなんだけど」

まさかジューニョ家には精霊の祝福すらもないと知れば、山のように送られてくる縁談の手紙の送り主たちも悲鳴を上げて去っていくだろう。

　チェストとは別の木机の上にのせられている縁談の誘いの紙束を見て、思わず眉間に力が入る。まだまだ返事をしていないものが多い。ため息が出てしまう。

「ディモル様、またお手紙が届きました。セプタンス家のお嬢様です」

　そうこう考えている間に、さらにメイドがディモルの部屋の扉をノックしてうやうやしく手紙を持ち、紙束の上にのせて去っていく。

　……また増えたな、とディモルはなんともいえない気分のままそっと服に袖を通した。

　セプタンス。何度か手紙で見た名である。


　騎士服に袖を通し、朝の準備を終えたディモルは早々と王宮に出勤することにした。外は今日もいい天気だ。普段通りの朝空である。

　ディモルの記憶にある空はいつも真っ青で、違ったとしても多少の曇り空か雨空くらいだ。とっぷりと日が沈んできらきらと光る星空や、夜空に浮かぶまんまるのお月さまなど、自身にとってはおとぎ話のようだ。この国では日が長く、見ることができたところでほんの一瞬。朝早く起きてみてもなにか違うような気もするし、せめてもと目にした光景を必死に日記に書いているらしいが、後で読んだ自分としては首を傾げるばかりである。

　結局、文字ではなんにも表せないのだ。日の入りが早い遠い他国へ渡ればそれなりに夜を満喫することができるだろうが、ただの自分のわがままでそんな力業を行うわけにもいかない。

ディモルはできるだけ早く帰宅する分、こうして朝は人より何倍も早く行動するようにしている。労働階級の市民の姿をちらほらと街で見たが、貴族は昼間を過ぎた午後から活動をすることが多い。

今日の朝は日記を気にするあまりか、いつもより随分早い時間に目が覚めた。必然、家を出る時間も余裕があるものになってしまった。

「おう。いつも早いな」と手を振っているのは馴染みの同僚である。ディモルに声をかけた男——ストック・メーヴルは燃えるような赤髪で、つり目がちな青年だ。

一見すると剣呑な顔つきのように見えるが実際のところはとっつきやすい男で、王宮仕えするようになり、訓練場に顔を出しているうちにいつの間にか軽口を叩きあう仲となっていた。

ストックはディモルが夜の記憶をなくしてしまうことなど知りはしないが、女好きであるとして浮き名を流しているそれがただの勘違いであることは知っている。ちなみに初めてディモルの噂を聞いたときに腹を抱えて笑っていた友人とは、この男のことである。

そのときのことを思い出しながら、ディモルも苦笑して片手を上げて反応する。

「ストック、そっちもな。……おい、まさかまた仕事を押し付けられたのか？」

「押し付けられたわけじゃない。あちらがどうぞというから受け取っただけだ。今から可愛い相棒とのご対面だな」

にかりと口の端を上げて片手に持つバケツを主張しているストックの相棒とは、気性が荒いと有名な黒馬のことである。もちろん、ストックは馬小屋の管理役ではなく、れっきとした王宮に勤める騎士だ。

ただしストックの身分は下から数えた方が早いし、ディモルのように王太子の警護役ではなく街を中心とした警邏役だ。ストックとディモルは身分も立場も違うが、馬が合うのだから仕方がない。まあ、今はストックが馬に会う最中のようだが。ストックはがしゃがしゃとバケツを揺らしながら、中に入れた器具を曖昧な表情で見下ろしている。

「警邏役に訓練場を使わせるのはもったいないだと。役に立つことをするのなら検討してやる、とのことだからな」

「誰に言われた。名を教えろ」

「やめとけやめとけ！　お前だって目をつけられてるだろう」

きらびやかで目立つ外見もさることながら、王太子のお気に入りであるディモルも、なにかに付けて面倒を言われることが多い。

「いやしかしな」

「別にこれくらい大したことねえさ。騎士から鞍替えしたっていいくらいだが、じいさんが泣くからな。それに、なんでもいつかは自分のためになるもんだ」

ストックの実家は一代限りの騎士階級を得ている。彼は家の身分でいうと厳密には騎士ではないし、精霊の守りもない。彼の祖父は平民からの叩き上げで戦争にて武勲を残した英雄だ。そういう時代も、あったのだ。

「ああそうだ、昨日の昼間、お前を捜して金髪の子リスがやってきたんだった。ふえふえ涙目になっていたから、ちゃんと首根っこを摑んでお家に帰しておいたぞ」

「ふ、不敬だぞ……」

「ただの子リスの話だ。誰が、どうとは言っていない。……最近、貴族たちの中できな臭い動きをしているやつらがいる。下手にふらつかれるよりいいだろう」

「それは……」

ディモルの耳にも入っていることだ。

「感謝する。きみが言う通りだ」

「お前のいいところは、その外見のくせにたまにこっちが驚くくらいに素直なところだな」

「なにが言いたいんだ」

と、思わず眉をひそめてしまう。そしてディモルはいつも以上に表情を引きしめ話す。

「たしかに僕は人よりも多分に顔の作りはいいかもしれないが……」

「否定はしないんだな」

「家が金持ちで位があるだけの、ただそれだけのありきたりな男だぞ」

「それ笑ってもいいところか？」

「王太子の護衛にも、自分は実力で選ばれたわけではないしな……」

そう自嘲的に笑うディモルは冗談ではなく本気である。ディモルのすべてはハリボテにすぎない。ディモルは自身のことを見てくれだけの、実際は口先だけで生きている軽い男で、役に立たない男だと思っている。ようは多大なる後ろ向きなのだ。

「騎士団の第一部隊への加入については、お前がチャンスをものにしただけだろう」

ストックは呆れたように話したが、ディモルが苦々しく思うのは別のことだ。

口先だけの軽い男。まるでそれは、精霊に呪われてしまった祖先のようだ、と考えるだけで重たい気持ちになってしまう。

祖先の男の姿は肖像画としても残っているが、悲しいことに生き写しと思われるほどにディモルとよく似ていた。何度見ても、それはまるで自分自身を描いているかのように錯覚する。

「本当に、僕なんかに比べたら、僕の妹の方がしっかりしているくらいだ……」

暗い声をぽつりとこぼした後に、「すまない。そちらも忙しいというのに失礼した」と
ぱっと顔を上げてきりりと口を引き結ぶ。

「いや、引き止めたのは俺だからいいんだけどよ」

「ストック。ところでよければの提案だが、やはりきみが本来の業務から逸脱した仕事をしているところを見てみぬふりはできない。が、下手に騒ぎ立てるのもきみの本意ではないだろう。なら、せめて業務の合間に、僕がきみを手伝ってはいけないだろうか？」

「いいよ、お前すぐに馬に食われるし」

「役に立たない男で申し訳ない……」

すでに何度目かの実行された提案であり、ディモルは戦力外として扱われていた。涙を隠すことができない。

それじゃあ……と、背を向けてとぼとぼと去ろうとしたディモルだったが、「おいディモル」と背中越しに声をかけられ、振り返った。するとストックが、どこか面白げな顔をしてバケツを肩に持ったまま、にまりとしていた。

「お前は社交性があるのか、それともただの口下手なのかいまいちよくわからないし人との距離感だって下手くそだ。初対面とは思えないような振る舞いが多いのは事実だな。女が勘違いをしても仕方ない」

そのすべては夜の記憶がなくなってしまうために、相手と本当に初対面なのか不安に思う所以の行動なのだが、ディモルは力いっぱい平手打ちをくらっている気分になった。

唇を噛んで、わずかに涙目になるのを我慢するしかない。

「本当に、その通りだな……」

「ただな。それだけじゃないだろう」

「……僕が男前だということか?」

「いや外見の話はしていない」

即座につっこまれた。が、ディモルにしてみれば、自身の長所などそれ以外に知りはしない。どこまでも空っぽだと思っている。

それ以上ストックは話をするつもりはなくなったらしく、「じゃあな」と会話を終わらせて、今度は置いてけぼりをくらってしまった。なんだったんだ、とディモルは眉をひそめてストックを見送る。が、ストックはあくびをしながら厩舎に向かおうとしたらしいが、

「そうだ、忘れてた」と、はたと止まった。

「ディモル。お前、やっぱり恋人ができたのか?」

「……ん?」


――知らぬうちに、ディモルに恋人ができたのだと噂になっているらしい。

どうやらディモルが慣れない店に訪れて、菓子を買っている姿を見て勘違いされたようで、中には恋人ではなく、嫁を探しているためにそういった店に訪れているのだろうと推測する噂もあるのだとか。ただでさえ多い縁談の手紙がさらに増えることを想像すると頭

が痛くなってくる。なぜ貴族はこんなに噂好きなのか。

　恋人なんてこれからもこの先も作る気なんて毛頭ない。こんなおかしな体質に巻き込みたくはないし、心が動かされる出会いなんて、今までなかった。それこそ、ほんの少ししか。

　ディモルはふと、小さな子どもの声を思い出して、あの出会いが夜でなかったことを感謝した。庭師のおじいさんと出会って少したった頃のこと。やはり十年ほど前のことだ。あの出会いも、ディモルにとって人生の転機となりえるものだったのかもしれないが、それ以降関係は続いていない。

　それはさておき、と悶々とした感情が、思わず口を滑らせた。

「そもそも恋人って……」

　朝の訓練を終わらせて、護衛の交代のためにディモルは輝くような王宮の回廊を足早に進んでいた。腰には細い剣を帯剣している。王宮では警備の者を除き、剣を所持できる立場の者は、数少ない。第一部隊である彼の特権の一つでもある。そんなお似合いなほどのきらびやかな空間の中で、ディモルはぴたりと足を止めた。

「そもそも僕は、あの子の名前も知らないんだぞ……」

　思わず口からこぼれてしまったが、自分でもなんだか虚しくなってくる。しかも夜に菓子を渡して、お茶をしているだけだ。なんと健全なことか。その上、名前どころか、相手のことは桃色の髪をした庭師ということしかわかっていないのに。

話を聞いた直後はなんとか自身の感情を抑え込むことができたが、時間がたてばたつほどに、ふとしたときに平常ではない気持ちがひょこりと顔を出してしまう。そして、先程の言葉である。

しかしすぐさまディモルは自身の失言に気づき、慌てて周囲に誰もいないことを確認した。万一誰かに聞かれていたとしたら、ディモルは羞恥で小さくなってしまう。

回廊の左右には、いくつもの吹き抜けの窓がついている。そこはアゼリアのような庭師として専門の職業を持つ者ではなく、王宮の管理人たちが手掛けた素晴らしい緑の庭がちらほらと覗いていたが、なぜだかディモルにとっては空虚に感じた。

ありがたいことにディモルの声を聞き取ることができる範囲には、人の気配はなかったのだが。

正面から、しずしずと一人の少女が歩いてくる。ピンクブロンドの彼女の髪に気がついたとき、日記に書かれた少女の姿を思い出した。影と名乗る庭師の少女はウェーブのかかった長い桃色の髪をしていると自分が書いた文字を思い返して、もしかすると、と考えた瞬間、どきりと心臓が飛び上がった。その感覚に自分でも困惑しながらゆっくりと深呼吸する。そもそもあの庭師の少女が、こんなところにいるわけがない。

わかっているのに、ついつい気になってしまう。似た風貌の他人に、うっかり声をかけてしまったこともあるのはディモルにとって痛い過去だ。

（……もしかして、嫁を探している噂の出処はこれか？）

そんなディモルの心情を知ることもなく、ピンクブロンドの髪の少女はゆっくりとこちらに進んでいた。アメジストのような甘い紫のドレスの裾にはいくつものパールがちりばめられており、幾重にも重なるレースと相まってとても豪華だ。しかし特に興味もないのでディモルは軽く会釈をして、彼女を通り過ぎようとした。

が、ぴたりと少女の足は止まった。

「ディモル・ジューニョ様でいらっしゃいますわね？」

優雅に、少女はドレスの裾を広げた。

「初めまして。わたくしセプタンス家の長女、バーベナと申しますわ」

バーベナの名をディモルは記憶の底から思い出した。幾度も彼に手紙を送ってきていた主だ。今朝もメイドから受け取ったばかりである。

返事に苦慮した記憶が沸き上がり、思わず眉をひそめそうになったが、そこまではっきりと顔色に表すほどディモルは幼くない。

「こちらこそ初めまして。おっしゃる通り、ディモル・ジューニョと申します」

形式張った挨拶をした後に手紙についての礼を簡易で述べてみたが、バーベナはにこりと微笑んだまま、ぴくりとも動かない。さすがにディモルも訝しんだ。

「……あの、なにか？」

「ふふ。少しばかりお話ができればと思いまして。ディモル様。恐れ入りますが、わたくしにあなたの時間を少々頂戴することはできませんか？」

と、少女は年には似合わぬ妖艶な微笑を浮かべたのだった。

自身にとうとう恋人ができたと噂になっていると知ったとき、どこの誰か知らないが無責任な噂を流すものだとディモルはため息が出た。そんな彼の様子を見て、『なんだ、やっぱり勘違いか』とストックはからからと笑っていた。

ストックには土産の菓子を選ぶ際に何度か知恵を借りたし、一緒に店についてきてもらったこともある。その際に、恋人宛てかと聞かれ、違うとすでに一度否定している。

『噂の真偽はどうだと俺にも確認に来るご令嬢もいるんだが、本人に聞けと伝えておいたぞ』

つまりストックは、それだけ伝えたかったらしい。そのとき、ふと違和感が胸の内に灯った。

『きみは……僕が誰に菓子を贈っているのか、聞かないのか？』

恋人ではないと否定したにしても、ストックは、ディモルが誰かに菓子を買って贈っていることは、事実であると知っている。

もちろん聞かれたところで口を割る気など毛頭ないのだが、それでも人間、少しは気になるものではないだろうか？

ディモルが問いかけると、ストックは少しばかりつり目がちの目をきゅうっと見開いて、それから吹き出すように笑った。そのまま逃げてしまえばよかったものの、下手な自分の生真面目さがディモルは嫌になってしまう。

そんなディモルを見て、『ああ、悪い悪い。馬鹿にしたわけじゃない』と軽い調子でストックは片手を振った。『そりゃあ、当たり前だ』と、なんてこともないような、そんな声で。

『誰だって、隠しごとの一つや二つ、あるだろうさ。人間、そういうものだろう？』

ストックは、にまりと口の端を上げた。

『一つ、つまらない予言をしてやる。お前にはこれから多くの困難が降りかかるだろうな』

でもまあ、なんとかなるだろう。そう言って友人はからから笑いながら消えていった。

ときおりストックはこうしてディモルや周囲からどこか一歩引いているといえばいいのか、こちらを煙に巻くような言動をするが、その距離感がディモルにとってはひどくありがたくも感じていた。自分自身をどうしても薄暗く感じてしまうディモルは、やはり友人モルは困惑していた。

バーベナの唐突な発言に、思わずぼんやりと友人との会話を思い出してしまうほどディモルは困惑していた。

この不思議な距離感があるからこそ、ディモルとストックは友人でいることができるのだとも思っている。

といえど、なにもかも腹を割って話すことなどできやしない。

──わたくしにあなたの時間を少々頂戴することは……。

つまりはかなり直接的なデートのお誘いである。

（もしかすると、ストックが予言した困難とは、このことか……？）

困惑するディモルを他所に、バーベナは彼が断るわけがないとばかりに、はたり、はたりと優雅に扇子をあおいで、にこりと目を細めていた。

バーベナ・セプタンスは、それこそ見かけは大輪の花のような少女であった。

人目をひく派手な容貌といえるが、そんなものディモルは自宅の鏡で見慣れている。しかし公爵家のバーベナは伯爵家のディモルよりも家柄は上だ。下手な態度を取ることはできない。

そんな身分がある彼女がなぜ王宮を付き人もなく一人きりで歩いているのかと疑問を抱いたが、バーベナの肩口にちょこんと乗った手のひらサイズの精霊が、こちらを面白げに見ていることにすぐに気がついた。

（なるほど、精霊喚問か）

一般的に位が高いほどその家系は精霊つきであることが多い。精霊は様々な恩恵を生む反面、争いごとも起こしやすい。だからこそ侯爵家以上の貴族は、定期的に王宮へ精霊を伴い現状を報告する義務があり、それを精霊喚問と呼ぶ。

立派な六枚羽があるくせに、バーベナの肩にひっかかるように乗りながらゆらゆら左右に体を揺らしている手のひらサイズの緑の髪色の精霊は、ディモルの視線に気づくとにこやかに小さな片手を振った。精霊には気難しい者も多いが、そこは人間と同じく、個々によって性格は異なると聞く。

バーベナは少年の姿をした精霊の頭をぺちりと片手ではたいた。ぺろり、と精霊は舌を出している。

「……時間、と言われましても」

そんな彼女らの様子を見てディモルは困惑のあまりに少し間をあけて返事をしてしまった。しかしバーベナは責めるわけでもなく、優雅なままに扇をはためかせる。

「ええ、何度もお手紙を送らせていただきましたがいつもつれないお返事ですので……。本日こちらでお会いしたのもなにかのご縁かと思います。ぜひともお茶の一つでも」

お茶、という言葉を聞くと、ぴくりと反応してしまう自分がいる。

たしかに送られてきた手紙に対してはそれこそ判で押したような内容で返してしまった

が、女性から、しかも高位の貴族からこうも直接的な誘い文句はあまり聞かない。手紙の内容も一般的な世間話のようなものだった。

周囲に人がいないという現状からバーベナが強気の態度を取っていることは目に見えていたが、あちらはディモルよりも家格が上だ。本来ならこれは断るべき話ではない。

ディモルはそっと視線を落として思案した。そして返答した。

「大変申し訳ありませんが、職務中ですので。お気持ちだけ受け取らせていただきます」

失礼致します、とディモルは律儀に頭を下げた。

ディモルは現在、王太子のもとに向かう最中だ。公爵家の令嬢と王太子ならば、秤が傾くのは圧倒的に後者である。断り文句としてはなんの問題もないものだ。

(そもそも、僕には彼女がいるからな)

そうして颯爽とバーベナのもとから去り回廊を歩きながら、庭師の少女のことを考えた。

けれどもすぐに首を横に振った。それどころか自身の考えを訝しく感じてしまう。

あの名も知らぬ庭師の少女はディモルにとって、ただの友人なはずなのだ。

だから断る理由になるわけがないのに、と。

知らぬうちに自身の感情の変化を理解しつつあるディモルであったが、そんな彼の後ろ姿を呆然として見送る少女がいた。もちろん、バーベナである。

バーベナは初めこそはただ瞬きを繰り返してディモルの背を見つめるばかりであったが、次第に顔を怒りで赤く染め、力強く閉じた扇を血管が浮き出るほどに拳を震わせ握りしめている。

「わあ、フラれてやんの！」

「ソップ、お黙りなさい！」

腹を抱えて笑う少年の精霊をバーベナはぴしゃりと叱りつけた。ソップと呼ばれた精霊は慌てて口を両手で塞ぎぴたりと動きを止めたが、それでもしばらくすると、くふくふとこらえきれない声が漏れ出ているので、バーベナは苦々しくため息をついた。

――精霊は体の大きさでその力を表す。手のひらサイズであるソップが、精霊として成ったのはそれこそここ数年のことだ。

精霊として中身も見かけも幼いソップでは、公爵家を支えるには力が足りない。ならば、より強い精霊の守りを持つ家との婚姻を以て早々に関係を持たなければならないのに。

ジューニョ家には、どんな呪いも撥ね飛ばすほどの高位の精霊が守りについていると聞く。下手に家柄が下過ぎては困るし、逆に高すぎてこちらが下手に出ねばならぬ事態は避けたい。その点、ディモルは伯爵家と、狙うには丁度いい相手だった。さらにある事件の功労者であることから、王太子のお気に入りだ。

　おとぎ話に出てくるような整った容貌を持つ色男であることから、バーベナだけではなく多くの令嬢たちが彼を狙い定めている。が、今のところ彼を射止めた令嬢の話は耳にしていない……はずだった。

「なのに、今更恋人ができたですって……？」

　バーベナからしてみれば、それはあまりにも寝耳に水の出来事だった。奪ったのはどこの泥棒猫だと苛立ちを隠すこともできない。

「ちまちま動いている場合ではないわね。ソップ」

「……んんっ。へぃ！」

「こら！　人の肩で寝ないでちょうだい！　……ねぇ、わたくしの風の精霊。あなたは人の噂が大好きでしょう」

　周囲をちらりと見回して誰もいないことを確認すると、バーベナは意地悪く微笑みながらそっと声をひそめて問いかける。「もっちろん！」と精霊は一も二もなく返事をした。

「三度のおやつよりも大好きさ！　嘘だよおやつと同じくらい大好きさ！」

「ならその力を使うときよ。さっきの男、ディモル・ジューニョの噂話を端から集めて回りなさい。どんなものでもいいわ。もちろん、人には言えないような薄ら暗いものでもね。こちらの話を聞きもしないというのならば、こちらを撥ね除けられないくらいの話を持っていけばいいだけよ」

うふふ、と口の端を上げるバーベナに、「やあ怖いぞ」とぶるぶるとソップは震えた。けれどもすぐに、「でもそういうの、大好きだぞ！」と六枚羽を力いっぱいに動かして、やっほう！　と楽しげな声と急激な風とともにソップは姿を消していた。

――奪われたのなら、奪い返してやればいいだけのこと。

先程、バーベナからの誘いをあっさりと断ったディモルの姿を思い出し、ふん、とバーベナは鼻で笑った。

「ねえご存じ？　あのディモル様に、とうとう恋人ができたという噂！」

「王太子の護衛の……？　まあそんな。ショックですわ……」

「あら、わたくしはとうとう身を固めるべく、伴侶となる方を探しているのだと……なんせわたくし」

と、少女の一人が声をひそめるようにぴたりと言葉をそこで止める。

「声をかけていただきましたの！　驚きましたわ。綺麗な桃色の髪だねとおっしゃってくださって……！」

色めき立った雰囲気の中で、きゃああと可愛らしい悲鳴が上がった。

アゼリアはその彼女たちの会話を聞くわけにはいかないと思いつつも、なんともいえない気分のまま口元を引き結び、粛々と庭園の手入れをしていた。

庭園に設置された屋根付きのガゼボには真っ白なテーブルと椅子が置かれている。どうやら貴族のお嬢様方が四季の風景を楽しみながらお茶会をしているようで、聞く気はなくとも生け垣の向こう側から楽しげな声が耳に入ってしまう。

「社交界の騎士様も、そろそろご年齢が、というところですからね。この間の夜会でお話しさせていただきましたけれども、噂よりもずっと紳士でいらっしゃって……」

と、いうところでアゼリアはそっとその場を去った。ルピナスはつまらなそうな顔をしてアゼリアの肩に止まっている。

(誰かに見咎められてしまってはたまらないわ)

それにもともと、アゼリアは人の噂にそれほど興味はない……はずなのだが。

――ディモル様に、とうとう恋人ができたという噂！

ぴたり、と足が止まった。貴族エリアからすでに距離は遠のいて、木々には雪が積もっている。口から吐き出す息がとにかく白くて、自身が幾度も静かに吐息をついていたことに今更気がついた。

(……むしろ、今までいらっしゃらなかったという方がおかしいわよね)

考えてみれば、一度街で出会ったときに、友人らしき人を相手に恋人への贈り物かとからかわれている姿を目にしたこともあった。

渡されたのはアゼリア宛ての茶葉だったが、アゼリアはすぐに逃げ去ってしまったので、彼が他になにを購入したかまでは詳しく知らない。だからアゼリアに渡す分以外にも購入していたとしても不思議ではないし、むしろそちらの方が自然な気がした。

「そっか」

なんとなく呟いていた。雪の小道を踏みしめ、白くくすんだ空を見上げて。

「そっかあ……」

出てきた言葉は、やっぱりそれだけだ。

アゼリアは土人形を動かして、一つひとつ丁寧に庭を見て回った。日時計を綺麗に掃除して、禿げ上がった木々の枝を必要であれば剪定する。そうこうしているうちに夜が近づき、仕事を終えたアゼリアは小屋に戻り、裏手のハーブに水をやった。

ハーブの背丈は高く、先端には小さな黄色い花がちらほらとついている。風が吹くとわさわさと揺れるほどに密集した緑と黄色のハーブは、夕焼けの中で今にも眠りに落ちてしまいそうなほど、長い影を作っていた。

小屋の周囲は少しばかり季節がおかしくなるため、本来なら冬の間の水やりは控えめにすべきだが、たっぷりと水をやった。水はけも問題ない。

「よいしょっと……」

アゼリアは土の具合を見ようとしゃがみ込み、手をついて確認する。そのときだ。金色のなにかが、ハーブの隙間からちらちらと見えたような気がした。視界の端に映ったそれに、なんだろうと思って近づき、ぴたりと時が止まった。

なんと、幼い男の子が小さくなるように丸まり込んでアゼリアのハーブ畑の中に座っていた。

「わ、わあ！」

と、叫んだのはアゼリアかルピナス、どちらだったのか。少なくとも、アゼリアはぽかんと口をあけた体勢のまま固まってしまった。こんなところに人が来るなんて、ディモル以外にはないことだ。

少年も少年で驚きのままぴくりとも動かずアゼリアを見上げている。仕立てのいい服を泥だらけにして、口元を尖らせながら震えていた。隙間から見えていたのは、ハーブと同じ色をした少年の金の髪だったらしく、まったく気づかなかった。

年は十に満たない程度だろう。思わず、庭師としてこの庭園にやって来た頃のアゼリア自身を思い出した。なんとかぎりぎりで少年に水を被せることはなかったものの、地面はすでに濡れている。拭くものでも渡した方がいいのか、それとも……と逡巡していると、こちらを見上げる少年とぱちりと視線がかち合ってしまった。緑色の、深い森のような瞳だった。

瞬間、すぐさま少年は瞳を恐怖の色に染めた。アゼリアと目を合わせると、人はすぐ同じ顔をする。なぜかはわからないが、ディモルが特別なだけだ。しまった、とアゼリアは慌てて顔を隠したが、すでに遅い。少年はぼろぼろと涙をこぼして、短い悲鳴とともに転がるように消えていく。

「……な、なんだったの？」

悪いことをした、と思いながらも困惑も大きかった。

「わからないけど」と、アゼリアの疑問に、ルピナスが口をへの字にして、眉間にしわを寄せていた。

「最近、妙な人間が多すぎるのよ」

妙な人間、とはディモルも含めてのことである。

もちろんルピナスが主張したいことはアゼリアにも伝わった。なので苦笑しながら相変わらずむくれている妖精の小さな頭を、優しく人差し指でなでてやった。

「……あいつ、今日も来るの？」

「どうかしら。私にはわからないけれど……いらっしゃるのなら、もちろんできる限りの出迎えはするつもりよ。友人と……してね」

最後の声はなぜだか少し小さくなってしまったが、アゼリアには理由なんてわからないし、考えるつもりもなかった。

——その日はとてもいい夜だった。

空気がとても澄んでいて、冬の匂いがそっと沁み入る。アゼリアは保管箱の茶葉を確認して、扉がノックされる音を無意識にも待ち望んでいた。そして今日も。

こんこん。

白く染まった地面には、小さな動物たちの足跡がてんてんと残っている。テーブルに置かれたランプだけでは薄暗いから、木の枝にランタンをひっかけた。蛍のような明かりがほわりと周囲を照らして、アゼリアとディモル、二人の頭の上でゆっくりと動く雲を教えてくれる。

「この場所は、なんだかちょっと、不思議な場所だな」

小さなテーブルの上にのったティーセットを見つめて、ディモルは改めて瞬いた。ディモルとアゼリア、二人がそっと両手を添えているカップの中はとっても綺麗なクリームブラウンに色づいている。それがふんわり柔らかくって、思わずアゼリアの口からあくびが一つ出てしまったので、慌てて口元を隠した。ディモルに気づかれていないことにほっとしつつも、やっぱりうっとり眠たくなるような優しい味だ。

本日の茶会の主役は、ミルクティーだ。

ミルクを入れるときは温めすぎてはいけない。本当なら常温だっていいくらい。熱い紅茶にミルクを入れるのではなくて、ゆっくりとほんの少しずつ、ミルクに紅茶を入れていく。茶葉を選ぶ際にも注意が必要だ。ミルクに負けない、しっかりとした風味と色の茶葉を選ぶ。

とはいいつつも、好きなものを好きに飲んだらいいとアゼリアは考えている。アゼリアに紅茶の淹れ方を教えてくれた先代はあまりミルクティーを好まなかったから、この辺りはアゼリアの自己流だ。紅茶とミルクの割合だって、その都度変えてしまう。その方が、色んな味を楽しめる。

お茶うけの主役は色とりどりのスコーンだった。ディモルの土産ではなくアゼリアの手作りである。たまにはと思って急いで作ってしまったのだが、どんどん楽しくなってしまい、シンプルなものの他にも、カボチャやラズベリー、チョコを混ぜたり、はてにはトマトとベーコンのしょっぱい味を作ったりと、思いつく限りのレシピで作ってしまった。もしかすると、なにか別のことに没頭してみたかったのかもしれない。なぜなのか、と言われると、胸の中にひっそりしまい込んだなにかの記憶――つまりは昼のお嬢様方の噂話を思い出してしまいそうで、苦しかった。

ルピナスはこのところぼんやりすることが多く、カボチャのスコーンをひとかじりしてそのまま毛布の中に潜り込んでしまった。少しばかり心配だから、彼女の好物であるスコーンはたくさん残しておこう……とアゼリアが考えていたときに、「本当に不思議な場所だ」と、改めて呟かれたディモルの言葉に瞬いた。

「……不思議な場所、ですか？」

「素晴らしい光景だと思ってね」

ディモルは改めて、まじまじと小さなテーブルを見回した。ティースタンドなど洒落たものは持っていないから、所狭しとスコーンや、ディモルが持ってきてくれた菓子が並べられている。

ディモルは美味しいと言ってくれたが、どう考えても、作りすぎた。

「あの、すみません、まさか全部お食べくださいなんて言うわけもなく、その」

なにを言っているのか、自分でもよくわからなくなってきた。いっそのことしまってしまうべきかと立ち上がって、皿に手を伸ばそうとしたときに、「ああ、違うんだ。すまない、言葉が悪かったね」と、ディモルは優しく、そっと首を振った。

「こんなに寒くて、雪だって積もっている。空気だってしんとして、冷たい匂いがする。なのにテーブルの上は色とりどりで、カップはとても温かい」

ディモルは細い見かけとは不釣り合いな硬い手のひらをカップに添えて、クリームブラウンを見つめた。今度はクランベリーのスコーンに手を伸ばしてゆっくりかじると、「うん、これもすごく美味しい！」と微笑みをこぼしている。

そんな彼を見ていると、アゼリアもなんだか嬉しくなった。すぐに頭の中では首を横に振って、力の限り自分の頬を叩いてやったのだが。

ディモルが伝えたいことは思い至った。

「ここは、季節がおかしくなっていますから。土の精霊様のお力です」

カボチャはともかく、スコーンに使われているのは、様々な季節の野菜や果物だ。アゼリアにしてみれば当たり前のことだが、ディモルからしてみれば今の時季には珍しいものばかりだろう。もちろん季節をおかしくさせるのは土の精霊のみの十八番ではなく、貴族つきの精霊だって同じようなこともできる。でも何分、精霊としての格が違う。これほどまでに様々な種類となると難しいだろう。

土の精霊はアゼリアたちが住むこの国、プランタヴィエ王国の生みの親のような存在だ。彼が土を作ったからこそ、人が集まり、国ができた。

現王家は長く跡継ぎに恵まれず、今は一人きりの王太子がいるのみで、それもまだ幼い子どもなのだと聞く。前国王は長く続いた他国との争いを治めたが、無理が祟りただ一人の子すらも残さずこの世を去った。そして王弟である現国王に冠を継いだ。

「今、国が平和であるのは、すべて土の精霊様のおかげですから」

アゼリアは土の精霊に庭師になってはどうかと提案された。そのときはとても驚いて混乱したが、今となってみればとても名誉にも感じている。

現国王はあまり体が強くはない。それでも波乱が起きることなく、過去には他国の侵略さえも退けたのは、ひとえに土の精霊の力だ。精霊は血筋につく。王家の血は強い精霊の力により守られている。アゼリアが管理する庭園が美しくあればあるほど、土の精霊の力を如実に表す。今や庭園は市民や貴族たちの憩いの場であるとともに、王家の権威の象徴でもあるのだ。

アゼリアができることといえば、土人形を作り上げて庭園を見回る程度ではあるが、それでも自身の居場所があることに安心した。それに、アゼリアはこの場所が好きだった。冬には思わず息を止めてしまうような美しさがあったが、長く眠った蕾が咲き誇り、誰もが歌いだしたくなるような春の日が、今から楽しみでたまらない。それこそ色とりどりの季節が入り乱れるように、花開くのだ。

「土の精霊様さえいらっしゃれば、プランタヴィエ王国は安泰です」

今までも、そしてこれからも。この庭は変わらない。

さくりとチョコのスコーンを口に含んで、アゼリアは表情をほころばせ頷いた。

アゼリアの記憶の中にいる土の精霊は背中まである茶髪がきらきらとなびいていて、一つひとつの言葉を大切にするように低い声を落としながら話すような、美しい男の精霊だった。

立場的にもあまり会うこともないため、瞼の裏に思い出しつつゆっくりと話すアゼリアを、ディモルはテーブルに肘をついてじっと見つめていた。そして柔らかく目を細めた。

「僕も、そう思う」

「ふふ」

「……どうかした？」

「いいえ。精霊でしたら目に見えますが、妖精なら、目に見えないので。もしかすると今この場は妖精だらけなのかも、と」

妖精であるルピナスがアゼリアの目に見えるのは特別なことだ。ルピナスがいればそこに妖精がいるとでも教えてくれるだろうが、今は小屋の中で先に眠っているのかもしれない。

だから、わからない。そう思った瞬間に、ほたほたとこぼれ落ちる雪が、ぱっときらめいたように見えた。楽しそうに妖精たちが笑っている。羽を揺らす度に輝きの粉が散り、ランタンだけの薄暗い景色すらも光りだす……。

もちろん、ただの想像である。

もう一度瞬きをした途端に、目の前の幻影は静かに消え去り、ゆっくりと雪が降り落ち庭を白化粧に埋めていく。

「……面白いね」

「あっ、すみません、ただの想像です。実際に一つの場所にそれほどまで妖精が集まることはよっぽどのことがないとありませんし」

「でも精霊と妖精は僕たちにとって良き隣人だから。そう考えない貴族も最近は多いけれど、その人が好きだから、この場所が好きだからと、ときおり力を貸してくれる存在なんじゃないかな……」

まるで感嘆の息をつくようにするりとディモルは当たり前のことのように話す。

「この庭は本当にとても素敵な場所だから、彼らがたくさんいたっておかしくないよ」

「………」

すぐにアゼリアの声が出なかったのは、少し驚いたからだろうか。精霊の呪いに苦しみ生きてきたはずの人なのに、と。

枝にかけていたランタンが、静かに風に揺れ、ディモルはふとそちらに視線を向けた。

アゼリアは、フードの縁を引っ張りながらディモルの横顔をそっと見つめ、湧き出るような喜びの感情をゆっくりと抑え込む。

ランタンが揺れる度に、まあるい明かりがゆらり、ゆらりと周囲を照らした。

そのとき、足音が聞こえた。二人とも驚いて立ち上がったが、飛び出た小さい生き物は真っ白い耳をぴょこぴょこと動かし、飛び跳ねて消えていく。

「なんだ、うさぎか」

きっと、雪の上にてんてんと残る足跡の主だろう。息をついて椅子に座り込んだとき、ディモルがアゼリアの口元に目を向け、吹き出すように笑った。

「ついているよ」

なんのことだろうと首を傾げた後で、すぐに理解した。いくら深くフードを被っていたとしても口元までは隠せない。アゼリアは必死にチョコを指で拭ったが、「ちがうちがう、こっちだよ」とディモルがそっと伸ばした指先が、ちょんとアゼリアの口元にくっついた。ディモルの親指が、ぴたりとアゼリアの唇に当たる。

「あ、あの……」

気づいたときには、ひどく胸の辺りが苦しくなった。なぜだかディモルの指もぴたりと動きを止めて、二人でかちんこちんに固まってしまう。ランタンの下で、互いに震えるように息をした。ぎしぎしと、枝に積もった雪がこぼれる音が聞こえる。静かに、遠くで響いたのは、鳥の声だ。

聞こえる音はそれぐらいなのに、アゼリアの内側では、大きな心臓の音ばかりが聞こえてくる。

アゼリアと、そしてディモルの顔が真っ赤に染まっているのは、決して寒さからではない。しんしんと降りゆく雪の中で、動くことすら忘れていた二人だったが、先に動いたのはディモルだ。

ゆっくりと、ゆっくりとアゼリアの唇を指先でなでたとき、アゼリアは震えた。

「ひっ……」

そして小さく悲鳴を上げた。その声を聞いて、すぐさまディモルも、「うわあ！」と自分の手を引き、思いっきりのけぞった。まるで、自分がなにをしているのかわかっていないような顔つきで、何度も自分の手とアゼリアの間で、視線を移動させている。

ディモルはなぜだか数歩後ずさり、アゼリアは両手を合わせてただただ小さくなってしまった。どきどきした。心臓が、びっくりするほど大きな音を立てていて、頭の中が回らない。

「あの、その、あの」

今のは一体、と奇妙な空気に体全体がわなないていた。決して、怖かったわけではない。けれど、わけがわからなかった。そもそもの原因は、とはたと考えて、アゼリアは力いっぱいにローブの裾で口元をこすった。ごしごしと、肌が痛くなってしまうくらいに。これでついていたチョコは間違いなく拭けたはずだ。

「すみません、お、お恥ずかしいところを！」

「こ、こちらこそ、すまない、思わず」

ディモルはゆっくりとアゼリアに近づいたが、心持ち先程よりも距離がある立ち位置だ。なんせ互いに冷静ではない。

ディモルは自身に呆れて。アゼリアに申し訳なくなって。なのに二人とも触った感覚と、触られた感触を何度も思い出して、赤くなったり、青くなったりを繰り返していた。

（……さすが社交界で噂になっている方は違うのね）

と、アゼリアがこっそり考えていたことはディモルにとって大変不名誉な内容だったのだが、彼は知る由もない。

「あ……えっと。そうだ、その、前から思っていたんだけど、危険じゃないかな⁉」

「えっ、危険ですか！」

「そう、僕とか、いや違う。ほら、今は庭師が一人きりなんだろう。女の子なのに、その」

「ああ、大丈夫です。土の精霊様の力もお借りしていますし、この庭にいる限り、私に危険はありません」

「そっか……そうだよな」

「はい……」

なぜだかとても気まずい雰囲気になっていた。互いに無言のままそっぽを向いており、

「そ、そろそろ帰ろうかな……」とディモルが提案するのも無理はない状況だったかもしれない。

「は、はい。お気をつけてお帰りください……あ、あの！」

「うん」

「あの……」

なにか言うべきなように感じたのに、アゼリアはなにを言えばいいのかわからなくなってしまった。

「次も、お茶を、準備してお待ちしていますね」

だから自分でも変なことを言ってしまったように思う。というか、少し調子に乗りすぎている。言葉を間違えてしまったかもしれない、と胸元を握りしめるように口元をきゅっと引き結んだ。

「それなら今日のミルクティーも美味しかったけど、最初の……ハーブティーもまた飲みたいな」

けれど、はにかむように笑うディモルの顔を見て、すぐさま不安な気持ちは吹き飛んでいった。

その次の日の夜のこと。ディモルはいつも通りに眠る前の日課として、自室の引き出しをあけた。そして、ただただ顔を青くさせた。

に。

なぜならそこにあるべきものがなかったのだ。しっかりと毎日鍵をかけているはずなの

「嘘だろ」

「……日記が、ない」

呟くと、さらに現実味を帯びてこの寒さだというのにじわりと額に汗が滲む。

毎日夜に日記を書いて、鍵をかけチェストの中にしまい込む。それがディモルが決めている日課だ。もはや儀式ともいうべきその作業を忘れるわけはないと思いたいが、何度引き出しをあけたところで、空っぽの空間があるだけだ。

昨夜の記憶はわからない。なんていったってディモルは夜の記憶を忘れてしまうから。

日記がなければなにもわからないというのに、その日記がない。

「もしかして、どこか別の場所に保管しているのか……!?」

そんなわけはないと自分ではわかっているが、可能性に縋らざるを得なかった。

ディモルは部屋中をひっくり返して捜した。

しかしどこにもないことを悟ったとき、彼は顔に手を当てて、ひどく重たいため息を落とした。

ディモルが絶望していた頃の、少し前のことである。

　バーベナ・セプタンスは、いつもの重たいドレスからゆったりとした夜着に着替え、天蓋付きのベッドの上に座っていた。

「……どういうこと？」

　すでに、夜半。部屋の中には誰もいない。いや、精霊が一匹いるにはいるがすでにすやすやと夢の中だ。バーベナは自室で苛立ちを隠すことなく呟く。

「ソップにディモル・ジューニョの噂話を集めてくるようにと伝えたのに、なんにもないって、どういうことなの……⁉　社交界の騎士なんでしょう、色男なんでしょう！　あの容姿なのよ！　叩けば出る埃なんて、いくらでもあると思ったのに……女の一人や二人、三人や四人、不埒な行いをしているべきではなくって⁉」

　と、ぼすぼすと枕を殴り飛ばしながらとても理不尽な怒りを吐き出していた。

　隠している脛の傷さえ暴いてしまえば、あとはこちらのもの。女が何人いたところで、本妻の座さえバーベナが手に入れることができればそれでいいと思っていたというのに。

　噂だけならば不健全なものは多くとも、事実は違う。むしろ健全すぎる一日を、ディモル・ジューニョは過ごしていた。あえていうのならば普通の騎士よりも帰宅を急ぎ、菓子屋に向かう姿を目撃されるらしいが……。

「そんなことどうだっていいのよ！　ああもう、本人に直接貼り付こうにもソップの力では足りないし……！」

ソップいわく、近くに寄ろうものならなにかに弾き飛ばされてしまう。おそらくそれがジューニョ家を守る精霊の力なのだろう、とバーベナは歯嚙みした。

「近づくことすら許さない強力な精霊の力……。よりほしいわ」

実際はジューニョ家についた呪いが、がっつりしっかりとディモルにくっついているため、さらなる呪いをかけることができないという悲しい話なのだが、そんなことバーベナが知るわけない。

「はあ……」

ため息をついて、ベッドの上に転がった。なにか方法はないものか……と思案してもこれ以上の策は思いつきそうにない。仕方ないと諦めて、明かりを消して精霊と同じくベッドの中に潜り込む。そのときぱちりとソップが目をあけて、周囲を見回した。

そしてにまっと笑った。

ほとんど同時に、バーベナの枕元にどさりと重たいなにかが落ちた。

「な、なんですの⁉」

もちろんバーベナは驚き即座に身を起こした。暗い中で、なにも見えない。気の所為だったのかしらと天蓋を見上げて毛布を引っ張る。そうしているうちに暗さにも、少しずつ瞳が慣れてきた。起き上がって周囲を見回すと、見知らぬ分厚い本がバーベナの枕元に転がっていた。

バーベナは訝しげに表紙を確認してみたが、題名は書かれていない。

「……本棚から、落ちたのかしら？」

呟きながら、そんなわけがないと自分でもわかっていた。不気味ではあったが、好奇心が勝ってしまい、恐るおそるページを開く。まずは文頭に書かれている文字を読んだ。

『こうなってしまったのは、仕方のないことだ』

「……仕方の、ないこと？」

男性特有の固い筆跡で書かれたその文字に眉をひそめる。暗くてよく見えなかったから、ランプに火を灯し、ゆっくりと読み進める。

「これは……」

そこには、驚くべき内容が書かれていた。

「み、見つけた……！」

まさかこんなところにあるとは思わなかったと、ディモルは額から流れた汗を拭った。冷や汗ばかりが流れていたらしい。

日記はベッドの下に滑り込んでしまっていた。一体なぜそんなところに行ってしまったのかはわからないが、これで一安心というものだ。

日記の中には自分の秘密もそうだが、ディモルにとってはまだ名前も知らない庭師の少女との会話が詳細に書かれている。これではまるで自分が一人の少女と逢引を繰り返しているみたいだ、となんとなく椅子に座った。

ありがたいことに、今朝は少し時間がある。いまだに落ち着かない自身の心情を鎮めるために、膝の上に日記をのせて確認のためにじっくりと読み返すことにした。そうして最後のページまでめくり終えたとき、ディモルは無言でとても大きなため息をついた。

一昨夜もまた彼女との茶会を行ったらしいのだが、フードに隠されてろくに顔も見えない少女の仕草と声が、どれだけ可愛らしいかが熱烈に綴られている。

「……これじゃあ、僕が彼女を慕っているみたいじゃないか」

と、思わず声が出たが、正直もう気づいてはいた。日記を持ちながらいつの間にか耳の後ろがとにかく熱い。

ディモルは、日記の向こうにいる彼女に、恋をしている。

日記に綴った文字を拾って、いつしかたまらなく彼女と時間を重ねていた。忘れたくないと、そんな思いが文字から伝わってくるようで、胸が苦しい。

「僕も、会ってみたいな……」

それは、一昨日の自分であるはずなのに。彼女と出会えたことがとても羨ましい。

本当は昼間に会いたい。けれど嫌がられるだけだろうと日記に書かれた彼女の様子からは読み解けた。彼女の先代である庭師のおじいさんにも、ディモルは結局一度も出会うことができなかったのだから。

仕方ない、と諦めつつも自分が書いた文章を再度思い出しぼふりと湯気が噴き出すほどに顔を赤くしてしまう。

「な、なんにせよ僕は抑えた内容を書くべきだな！」

しっかりと保管しているつもりだが、誰かに見られる可能性も万一にはあるわけで。次からは、そうしよう。そうせねば。……できるだろうか。考えているうちに高い背を折りたたむように段々と椅子の上で小さくなっていく。

「……でも、彼女に持っていく手土産のことを考えるのは楽しいんだよな。昨日は、手作りのスコーンを食べたのか……。いいなぁ」

想像して、ディモルはへにゃりと微笑んだ。社交界の騎士、色男。などと噂する人々には想像もできないような、可愛らしい笑みである。

そのとき、ごとりと手から日記を落としてしまった。

「おっと」

夜の時間の記憶しか書いていない日記だ。冊子の分厚さもあり、それこそ十年前――ディモルが子どもだった頃の記載もある。手を伸ばして拾おうとしたとき、たまたま開いたページに視線が落ちた。

「……」

それは昼間に起こった事件だったはずだが、よっぽどディモルにとって衝撃だったのだろう。普段は夜に起きたことしか日記には書かないはずなのに、と幼い自身の心情を思い出して、自然と眉尻が下がり落ち込んだような顔を作ってしまう。

決して、嫌な記憶ではない。むしろ、今の彼を形作る根本となる出来事だった。ディモルは日記を持ち上げて、開いたページを見つめた。

『助けて……』

今も耳の奥に、幼い少女の声が聞こえる。崩れた土砂の中でこちらに手を伸ばす、顔も見えない黒髪の少女のことを。

「……どんな声でも、願われたのなら聞き留めるさ」

それこそ、立場など関係なく。

ディモルは静かに日記を閉じ、今度こそしっかりとチェストの中にしまい、鍵穴に鍵を入れた。かちゃんっと、鍵がかかる音がする。

――このときのディモルはもちろん知らない。

アゼリア、そして彼自身が知らぬうちに、様々な思惑に巻き込まれていることに。

第四章　風に揺れる

その日は、アゼリアにとってなんてことのない日のはずだった。

いつもと同じように庭の管理をして、余った時間で街に茶葉を卸しに行く。『次はもうちょっと多くしてくれ』と以前に店主から言われたことが気になってしまっていたからだ。

あれからまた随分日がたってしまっているので申し訳なさが先立ってきて荷造りをしていると、「そう何度も街に行って大丈夫なの？」とルピナスが不安そうにしていたので、「子どもじゃないんだから」とアゼリアは苦笑した。いつも彼女は心配ばかりだ。

けれどこの間、ディモルとその同僚と店で出会ってしまったことは記憶に新しい。どうしようかと思ったけれど、すぐに大丈夫だろうと結論づけた。あのときは慌ててしまったが、翌日に夜の記憶をなくしてしまうディモルはアゼリアの顔も知らないのだから、万一があったところで問題ないし、そうそう出会うこともないだろう。

と、思っていたはずなのに。

――一度あることは二度ある。

そんな言葉はないかもしれないが、アゼリアは再度街の中でディモルと遭遇した。それもただの道端で。

「ひっ……！」

「え？」

本当に、ばったりと。街路樹の並木道でアゼリアはディモルと向かい合っていた。

冬景色の真っ白い空の下、「こんなことある？」とルピナスまで絶望した声を出して、アゼリアの心情を代弁していた。はくはくと、声にならない声を出して口を何度もあけ閉めしてしまった。

しかしそんなアゼリアに対して、ディモルは小首を傾げてきょとりと不思議そうな顔をしている。瞬間、アゼリアはすぐさま冷静になった。先程考えたばかりではないか。ディモルはアゼリアの顔を次の日には忘れてしまうのだと。

（なら、私のことなんて知るわけないじゃない！）

大げさに反応するからいけないのだ。

こちらも知らぬふりをすればなんの問題もないことだとアゼリアはぺこりと会釈して足早に通り過ぎた。なんとかなった。でもやっぱり心臓はどきどきしている。ルピナスが「早く、早く！」と鞄の中から顔を出して急かしているので、そのまま人の往来に紛れ込もうとしたとき、

「待って！」

と、大声で呼び止められた。

びっくりして振り向くと、ディモルはほっとしていた。最初は聞き間違いかもしれないと思ったが、間違いなく、アゼリアに対して声をかけている。一体どうして。

ディモルは口元をほころばせながら小走りにこちらに近づいた。

そのときアゼリアは、ディモルのことを初めてまともに目にした。冬の冷たい空気の中で、はあ、と白い息を吐く昼間の彼の姿は金の髪と宝石のような真っ青な瞳がきらきらと輝いている。何度見ても、整った容貌だと思わずぼんやりしてしまう。夜に出会うときよりも堅苦しさのない服装なのは、非番の日だからだろうか。

そうこう考えている間に、ディモルはかつかつと革靴の音を立てて、とうとうアゼリアの正面に立っていた。

「きみ……あのとき、マフラーを落とした子だね？」

ただ呆然としていたアゼリアは、ディモルの言葉の意味がわからず、一拍二拍、思案する。そして気づいた瞬間、無意識にも首元を触っていた。


いつも街につけていくマフラーをなくしてしまったことに気づいてはいたけれど、一体どこでなくなってしまったのかわからなくて、すっかり諦めていた。けれど思い返すと、初めてディモルと街で出会った日に、店主になにか呼びかけられたような気がした。動揺するあまりに今の今までアゼリアはすっかり忘れてしまっていた。

落としたマフラーはどうせまた来るだろうと店主が保管してくれていたようだが、いつまでたっても姿を現さないと世間話の一つとしてディモルにこぼしていたらしい。もちろん、行くまでに間があいてしまったのは、アゼリアがディモルを避けていたせいである。

それを親切にも、街で見覚えのある姿を見かけたディモルは声をかけたという流れだ。

持っている服が少ないから以前と同じ服装で来てしまったのは失敗だった……とはいえ、まさかディモルが一瞬きりしか顔を合わせていないアゼリアのことを覚えているなんて思わなかったし、アゼリアのワードローブはそれほど潤沢ではないので仕方がないといえば仕方がない。

彼の目の前で落とし物をしなければ、そして呼び止められることもなければ、記憶に残ることだってなかっただろうに……。

あくまでも親切での声掛けだとわかっていた。もしかして店に行くのかい、それなら僕も用があるし一緒に行こう、ときらびやかな笑みとともにされた提案を断ることもできず、気持ちとしては繋がれた首輪を引っ張られるように、アゼリアはとぼとぼとディモルの隣を歩いた。もはや呆れすぎて、ルピナスはなにも言わずに鞄の奥に引っ込んでしまった。

店に入ると店主は眼鏡をずらしてアゼリアとディモルの顔を見比べたが、彼もアゼリアが影であることにはうっすらと気がついている節がある。互いに深くまで事情を探らないのはいつものことだ。ちくりと嫌味を言われるぐらいで、さっさと用件は終わらせた。店に卸した茶葉の在庫は、とっくになくなってしまっていたらしく、次はもっと多くしてくれ、とまた告げられてしまった。

　ディモルはアゼリアと店主のやりとりをじっと見守るようにその場にいた。とても気まずい思いだったが、それではと鞄の紐を握りしめて、失礼ながらもさっさと逃げ出そうとしたとき、「ちょっと待ってくれないか」と、また呼び止められた。

「よければ一つ、お茶なんてどうだろう。近くにうまい茶を出す店があるらしいんだけど」


　――そして、こんなことになってしまった。

「きみの話はとても勉強になるな。参考になる、ありがたい」

　ディモルが青色の瞳をきらきらさせるものだから、アゼリアは思わず口元を引きつらせた。

　いつもの顔を隠しているフードもなく、素顔のままでディモルと向き合っている。椅子に座って並ぶのはいつものことのはずなのに、真っ白いペンキで塗られた鉄の椅子はひどくお尻が冷えてくるような気がする。物理的な寒さもあるが、場所が違えば、心も違ってくる。

「……やっぱり、寒いんじゃないか？　中に入った方がいいんじゃ」

「まったく問題ありません！」

外のカフェテラスは、今もひゅうひゅうと木枯らしが吹いていた。大きな白いパラソルは日差しから守ってくれるものの、風にはてんで無防備だ。時季さえ異なれば濃い緑のガーデンが楽しめるだろうが、周囲ではすっかり体を細くした樹木が両手を広げていて、アーチには薔薇のつるがひっそりと巻き付いている程度だ。さすがに他の客の姿もまばらで、レンガ造りの館の中は窓からたいそう繁盛している様子が見える。

そうこうしている間にもアゼリアの鼻の頭は、どんどん真っ赤になっていく。しかしこの発端であるマフラーがもふもふとアゼリアの首を温めていて、ひどく憎い。そして肩掛け鞄の中から顔を出してこちらを見るルピナスの視線が、とにかく痛くてたまらなかった。

室内にあるティールームの席は余っているけれど、そんなところまでほいほい向かってしまえば逃げ場もない。だからせめて背後の確保はしたかったのだが。

ちょっと無茶をしたかもしれない、と今では少し後悔している。

「その……私の方こそ、ご無理をお願いしてしまいすみません」

「いやいや。外で飲むお茶の美味しさは、よくわかっているつもりだから」

柔らかく目を細めるディモルは、なにかと思い比べているようにも思えた。

もしかすると小屋から眺める庭の風景を思い出してくれているのだろうか……とまで考えてしまったが、そんなわけがない。なんていったって彼は夜の記憶をなくしてしまうのだから。彼が言う日記に、事細かに書きつけていない限り、アゼリアとのことなどたったの一行のはずだ。

アゼリアは途端に冷静になって、ディモルの誘いの言葉を思い出した。

お茶に誘われた当初は、驚きのあまりに声を出すこともできなかったのだが、そんなアゼリアの様子を見て、『もちろん無理にとは言わないけど、よければ一緒にどうかな。僕一人では行きづらくて』と、控えめに提案するディモルの笑顔があんまりにも眩しくて、アゼリアは知らぬうちにこくりと頷き、返事をしてしまっていたらしい。しまったと後悔したが、こっちだよと長い指で道を示す彼に今更無理です、なんて言う勇気なんて、もっと持ち合わせてはいなかった。

一体なぜ、彼はアゼリアをお茶に誘ったのか。

聞いてみれば簡単なことで、アゼリアはすっかり体から力が抜けてしまった。なんでも彼が好意を持っている女性は、お茶が好きなのだと。だから茶葉を卸しているアゼリアならば、より美味しい淹れ方を教えてくれるのではないかと以前から気になっていたらしい。

好意を持っている、とまではっきりとは言わなかったディモルだが、もごつきながら言葉をごまかしている様は、ひどくわかりやすかった。恋人がいるのだと令嬢たちの噂話で耳にしていたし間違いはないだろう。

こうなると以前に思いついた、アゼリアへの菓子は想い人のついでだという考えがますます真実味を帯びてきた。相手もお茶が好きだというのなら、納得のラインナップである。わざわざアゼリアを喜ばせるために彼が土産の品を考えているわけがない。

そうわかるとひどく気持ちが落ち着いた。本当のことをいうと、街で呼び止められたときも、アゼリアを、アゼリアだとわかって声をかけてきたのでは、と震え上がった気持ちと同時に、実はわずかな喜びもあったのだ。

アゼリアにとってディモルは特別な存在だから。分不相応にもディモルにとっても特別でありたいと考える気持ちが、無意識のうちに少しずつ膨らんでいたのかもしれない。あっさりと真実がわかって、まったくの勘違いだと事実を叩きつけられると逆に体が軽くなる。ディモルにとってアゼリアはただの影であり、通勤経路の近道の途中にいる話し相手で、さらに記憶が消えてしまう彼にとっては日記の中にいるただの登場人物にすぎない。

そうアゼリアは思い込んでいるから不自然に巻いたマフラーをほどいた。どうせ顔を見られているのだ。いつまでも悪目立ちしたくはない。出てきたのは真っ黒で、可愛げもない髪の色だ。唐突にアゼリアが動いたからか、なんとなく互いに見つめ合う形になってしまった。どれくらいたったかわからないが、店員が注文の品をテーブルに置いた。

頭の上のパラソルが風になびいてまた寒さが戻ってきたから、やっぱりマフラーで口元を隠した。が、その後で飲食店であることを思い出して、諦めておずおずと顔を出した。マフラーは膝の上に折りたたんで置いてしまった。

「あ……その、いきなり、こんな引き止めて悪かったね。あと、僕は純粋にきみのファンなんだ。その気持ちも伝えたくて」

以前にディモルがアゼリアのために買ってきた茶葉を、二人で一緒に飲んだことがある。そのとき、ディモルは美味しいといつも以上に声を上げてくれたことをアゼリアは思い出して、そっと頰を赤らめた。

「それは、その、恐縮です」

「ああ、遅くなって申し訳ない。僕はディモル・ジューニョ。ディモルでいいよ」

「私はアゼリア……」

言った後で、あっ、と口元を押さえた。ディモルでいい、という言葉は本当に誰にでも言うのだな、とすっかり意識を飛ばしていたのだ。

「アゼリアというんだね」

名乗らないと言っていたくせに、あっさりと口に出してしまった。

アゼリアは様々な葛藤を押し殺して、若干のけぞったのちに、ゆっくりと頷いた。

そして無言のままテーブルを見つめて心の中で言い訳する。どうせ影として名乗るつもりなんて一切ないのだ。同じ名前であることなんて、彼がわかるわけがない。

「僕はお客が少ない時間帯にしか行かないから……またアゼリアと会えるとは思わなかったな」

「私も、あまり、大勢の人がいるのは苦手なので……」

やっぱり、もしかすると出会うべくして出会ったのかもしれない。一応以前に会った時間とずらしたつもりだったのだが意味がなかったということだ。何度目かのため息が出た。

レースでできたテーブルクロスの上に置かれたカップからは、温かな湯気が立ち上っている。それ以上会話が出ない気まずさをごまかすように、はは、と互いにから笑いをして、出されたお茶をじっと目にした。

カップの表面には、ふわふわとした薄緑色のクリーミーな泡ができていた。あまり見ない色合いだ。お茶が美味しい店、と言っていたから行きつけなのだろうか、とディモルを見ると、彼も目をまんまるにしていた。

「……あの？」

「す、すまない。実のところ、知人の紹介で、僕も初めてで」

なるほど、と互いにごくりと唾を呑んで、ゆっくりとカップに手を伸ばした。そして口に含んでみると、甘い味わいとわずかな苦味がやってくると同時に、ふわふわした感触に驚く。飲み物なのに柔らかい。飲んでなるほど、と理解した。

「美味しいグリーンティーですね。温めて飲んだのは初めてです」

「グリーンティー？」

「はい。紅茶の茶葉は乾燥して作りますが、これは蒸して作るんです。他にも差はありますが——」

ここまで饒舌に語ったところで、しまった、とアゼリアは唇を噛んだ。すっかり調子に乗ってしまっていたようだ。

恐るおそるディモルを見ると、意外なことにきらきらと瞳を輝かせていた。「勉強になるな」とまで呟いている。ただの平民、いや本当なら平民以下であるのだけれど、それを相手に彼の発言は貴族としてあるまじきものだ。夜に会うアゼリアだけではなく、相変わらず誰にでもそうなのだと知ると、改めて平等な人なのだなと感じた。

「それならこれもわかるかな。最近、僕はとてもスパイシーで、ちょっと甘い味もするハーブティーを飲んだのだけれど、なんの種類かわからないんだ」

それは、初めてディモルに淹れたお茶だ。

この間、飲みたいとリクエストしてくれたことを思い出しほわりと胸を温かくしたとき、考えてみると夜の記憶を忘れてしまう彼が知っているということは、わざわざ日記に書き記してくれていたのだと気がついた。それがなんだかとても嬉しくなってしまう。

もちろん答えはすぐにわかったけれど、少し考える仕草をした後で、もしかするとですが、と嘘くさい枕詞をつけて、アゼリアは自然と頬を緩めながらゆっくりと告げた。
「フェンネルのハーブティーでしょうね。夏の開花の時期に花の束を折って、その中にある種を乾燥させたものをよく潰すと、甘い香りの、少しの苦味とスパイシーな味わいが癖になるお茶になるんです。背丈の高いハーブです。黄色い小さな花がいくつも集まった、
長期で保存はできますが、作りたては特に味わい深いですから」

……


最初にディモルが飲んだときのびっくりした顔を思い出して、くすりと楽しい気持ちになってしまう。

　そのとき不思議なことにディモルはまるで時間が止まったかのように大きく目を見開き、アゼリアを見つめていた。

「……あの？」

「あ、い、いや……アゼリア、きみは」

　ディモルがなにか言い淀んだときに冷たい風がひゅるりと二人の頬をなでた。

　寒さには慣れているはずが、「ぐしゅっ」と情けないくしゃみをしてしまったのは、何分準備不足だと思ってほしい。アゼリアはさっと頬を赤くした。なんせ、いつもの分厚いローブもない。

「ごめん、やっぱり、テラス席ではなくて中に」

　――入ろう、と。

彼の言葉を遮ったのは、低い男性の声だ。

「なんだ、ディモルじゃないか」

「ストック？」

ディモルの知り合いなのだろうかと考えるよりも先に、アゼリアは勢いよく自身の膝を見つめて顔を隠すように俯いた。顔を見られることくらいなら構わないし、すでに見られた後だろうが、万一にも瞳を見せるわけにはいかない。

なぜかアゼリアと目を合わせてもなんともないディモル相手ならともかく、こうした動きはすでにアゼリアに染み付いた仕草である。

「どうしてきみがここに？」

「おいおい。どうしてもなにも、俺が教えた場所だろう？」

からからと笑う明るい声を耳にしながら、ストックと呼ばれた青年がこちらを気にしていないことを確認してそうっと覗くように窺った。ディモルに声をかけたのは、ディモルとそう年の変わらない赤髪のつり目がちの美丈夫で、以前に一度目にしたことがある。

そのときもディモルと菓子を一緒に選んでいたことを思い出した。ディモルがときどき口にしていた、人から教えてもらった、というのはきっとこの人のことなのだろう。

そのときなんとなく視線を感じ、アゼリアは再度俯いた。知らず、膝の上に置いた手を握りしめてしまう。

「で、そっちの子は？」

「……っ！」

アゼリアのことを尋ねているとわかっているが、声を出そうとしてそのまま吸い込んだ息は口元で四散する。ディモル以外にはまともに口が動かせなくなる自分が嫌になり、唇を噛みしめた。

そんなアゼリアには気づかず、「彼女はアゼリアといって……」と、代わりにディモルが朗らかな様子でなにかを思案するように顎を手でさすっている。

「どんな関係といわれると……うん」

自分の中でなにかに納得したらしく、静かに頷く。

「僕の師匠だな」

「それは確実に違います！」

さすがにつっこんだ。

まだ早かっただろうか、とわたわたするディモルに、まだもなにもおかしいに決まっていますと一通り叫んで、アゼリアたちをぼんやり見つめるストックに気づき、はたと居心地の悪さを感じた。頃合いだ。

「あの、すみません、お時間、ありがとうございました！」

もはやなにに礼を言っているのかもわからず勢いよくお代をテーブルの上に差し出すと、

ずずいとディモルに押しやられる。

「いや、これは僕が誘ったから」

「いやでも」

「僕が」

「私が」

意外と折れることのないディモルに根負けしたのはアゼリアだった。

軽やかな笑みで店員に片手を上げ、店内に消えていくディモルの背中を見て、本日何度目かのため息が出たとき、「あんたたち、仲がいいんだな」とぽそりと呟くストックの声が聞こえた。

どう返答すればいいのかと困ってしまい、アゼリアは足元に視線を落としたまま苦笑いのような反応しかできない。そうこうしている間に支払いを終わらせたディモルがアゼリアたちに近づいてくる。

手を振りながら向かってくるディモルに、アゼリアはぺこりと頭を下げた。隣に立つストックが、笑顔でディモルに片手で返事をしている。

「――でもあんたは、庭の中にすっこんどけよ」

こちらに目も向けず、言葉が落とされた。

聞き間違いとさえも思った。

瞳を合わせぬままに見上げると、赤髪の青年はゆっくりとアゼリアに瞳を向けて、じっと、アゼリアを見下ろした。

「え、あの……」

即座に目を合わせないように視線をそらしてしまった。

ストックは、アゼリアを庭師だと知っているのだろうか。そうでなければ、すっこんでおけといった言葉は出てこないはず。なのにストックは素知らぬ顔で、「そいじゃあな！お嬢ちゃん」とにこやかに犬歯を見せて片手を振った。

「お嬢ちゃんはないだろう、お嬢ちゃんは」とディモルにこづかれながら、整った顔つきの二人の青年は街の中に消えていく。

「……え？」


厳しい寒さは少しばかり和らいできて、辺り一面、真っ白な雪景色は少しずつ色を持ち、雪解けが待ち遠しかった。それでもピクニックをするには程遠いし、緑だって生え揃っていない。

アゼリアは大きな樹木の肌をぺちりと叩きながら、数日前のことを考えてみる。

「うん。やっぱり、気の所為だったのかもしれない」

「そんなわけないでしょう。私にだってしっかり聞こえたわよ」

ストックに告げられた言葉の意味を考えていたのだが、ルピナスにばっさりと否定されてしまった。「そうかな……」とアゼリアは首を傾げて苦笑してしまう。

あれからディモルと夜の茶会をする機会はあったが、特に変わった様子もない。ストックから、ディモルになんの話もしていないのだろうか……。

「まあ、私はただの影だものね。関わりたくないと思う方が自然なことなわけだし」

「アゼリアはいつもそう。なんでもそこに直結させてしまうの。それってとてもよくないことだと思う」

「そうかなあ」

「でももう、あの人たちには関わらない方がいいと思う」

「うん……」

返事はしたものの、実際は曖昧な返答だった。ルピナスの人間嫌いはいつものことで、アゼリアの優柔不断も同じくらいにいつものことである。

「……アゼリアは、いつもそうね」

だから悲しそうなルピナスの声には気づいていたが、それ以上はなにも言えなかった。もういいわよ、と。吐き捨てるような声に、気づくことができるのはアゼリアだけだったはずなのに。

その二人の姿を、「ひしし」と笑いながら六枚羽の精霊が木の枝から見下ろしていた。

それはソップと呼ばれていた、いたずら好きの風の精霊である。


その夜のこと。

こんこん、とノックの音が響いたが、その日は奇妙な違和感があった。どんな、と聞かれても、少しだけ困ってしまう。たかがノックの音だ。なのにアゼリアは紅茶を準備する手を止めたまま、じっと扉を見つめた。

「帰っちゃうわよ、早く出た方がいいんじゃない」

ノックの音は、ときおり間をあけて続いている。いつもならば不貞腐れてベッドの中に逃げてしまうルピナスから催促されることを不思議に思わないほど、そのときのアゼリアは困惑していた。ルピナスの言葉に、たしかにそうだと腰を上げて扉の前に立つ。ざわつくような予感があったはずなのに、アゼリアは扉をあけてしまった。

そのとき、扉の前に立っていたのはディモルではなく、ピンクブロンドの豪奢な髪と綺麗なドレスを着た一人の少女だった。

「……え？」

「こんばんは。わたくしはバーベナ・セプタンスと申しますわ。セプタンス公爵家の長女と言えばおわかりになりまして？　ああ、結構。一応礼儀として名乗っただけですから影に名前を覚えられたいなど欠片も思ってはおりませんわ」

そう早口でまくしたてる少女のことを、アゼリアは知っている。

——いやだ、目が汚れてしまいますわ……。

この言葉を伝えたのは彼女ではないが、バーベナの周囲を取り巻く令嬢たちが呟いたものだ。庭園で噂話のお茶会をするためにやってくる貴族の令嬢は多い。バーベナは、その中でいつも中心となっている少女だった。

バーベナはじろりと開けっ放しになっている小屋の中を見回して、眉根を寄せた。そして小屋には入ろうとはせず、取り出したハンカチで鼻を隠し顔を歪める。その姿を見て、『汚いスコップ』と話していた少女たちの言葉を思い出し、アゼリアはかっと耳を赤らめた。

「まったく。こんなところでディモル様と毎夜会っていただなんて信じられませんわね」

「ど、どうしてそれを」

「ただの家具に、発言を許してはいません」

ぴしゃりと言葉を叩きつけられる。

貴族にとっては使用人など家に付属する家具同然の存在だ。それは庭師も同じことである。アゼリアは自身が庭園に付属する備品であることを思い出し、すぐさま口をつぐんで俯いた。

バーベナは、間違ったことは言っていない。だから当たり前だと受け入れた。アゼリアは、ずっとそうして生きてきた。

「……まあディモル様がこの小屋に来るのも今夜で最後でしょうから、すべてを許して差し上げますわ」

けれど続いたバーベナの言葉に、思わず垂れた頭を跳ね上げてしまいそうになった。なんとか耐えて、代わりに心臓付近を強く握りしめる。この人は、なにを。なにを言おうとしているのだろう。

「影。あなたはディモル・ジューニョ様と夜な夜な密会を行っていたそうですわね。影の分際で、貴族のご令息とそんなことをしていただなんて……本当に信じられませんわ。けれど、この話はすべてこの場のみのこととして不問にして差し上げます」

前半には心臓の痛みを抱えて、けれど後半の台詞には、アゼリアはほっと息を吐き出した。けれども、結局は短い安堵の時間だった。

「――代わりに、あなたの立場をわたくしに譲り渡しなさい」

なにを言われているのか、わからなかった。

「あ、え……？」

「いいでしょう。発言を許可しますわ。疑問があるのでしたら、きちんと互いの齟齬をなくすべきでしてよ」

「立場、というのは、あの、庭師としての……？」

「そんなわけがないでしょう。あなたが、この庭でディモル様と密会していた。その事実をです。ディモル様は、夜の記憶がなくなるのでしょう？」

今度こそアゼリアは言葉を失った。ディモルがひた隠しにしてきた事実を、なぜか目の前の少女は知っている。ディモルが伝えたのだろうかと驚いたが、アゼリアが知ったことでさえ、ただの偶然からだった。自身の根幹ともいえるほどの秘密を、そうそう人に明かすわけがない。

ここでアゼリアが肯定することはディモルの秘密を話すことと同義のように思えて、アゼリアはただ静かに息を繰り返した。静かになったアゼリアに納得したと勘違いしたのかバーベナは説明を続ける。

「ディモル様の日記には、庭師――影と出会っていたこと。影の特徴は桃色の髪と、背丈や年の頃しか書かれていませんでしたもの。細かな差異こそあれど、概ねわたくしと条件は一致します。ディモル様は文字でしかあなたを知りませんもの。外見はいくらでもごまかせますわ。それにほとんどフードを被って顔を隠していたようですし……」

まるでディモルの日記を覗き見したような言い草に疑問を呈したかったのだが、

「それにしても、あなた。昼間とは髪の色が違いますのね。驚きましたわ」

と、続いた言葉に、アゼリアは即座に息を呑み、そして震えた。

知られてしまったことが恐ろしくて、荒い息のまま握りしめた服のしわを強く形作っている。

「……まあ、それは些少なことですけど。髪の色まで変えるのは手間ですからむしろ助かりましたわ。もう一度伝えますが、ディモル様とこの小屋で逢瀬を果たしていたのは、あなたではなく、わたくし。そう認めなさい」

夜の、茶会の時間を。

「あなたさえ口をつぐめば、すべて丸く収まりますの。あなたはただの影でしょう。貴族の命令に従うことはもはや義務ですわ。立場さえ入れ替えれば……少なくともディモル様がこちらを向くきっかけに……」

奪われてしまう。

――あんたは、庭の中にすっこんどけよ。

ふいに、声が聞こえた。

その通りだとアゼリアも思う。間違いはない。

なのに。

「……嫌です」

強く前を向いていた。美味しいなあ、と微笑むディモルの顔が浮かぶ。ほたり、ほたりと淡く降る雪の中で爪の先のような細い月を見上げて、温かい紅茶と美味しいお菓子をちょっとずつつまむ。そんな静かな夜の時間と記憶を、誰かに渡したいとは思わなかった。汚いと言われようとも、嘲られようとも。ただ受け入れ続けていたアゼリアの、初めての抵抗だった。

吐き出したのはただの短い言葉だったが、それがどれほど強くアゼリアの中で変異をもたらしたのか、もはや彼女にしかわからない。菫色の瞳と目をかち合わせたバーベナは、「ひいっ」と小さな悲鳴を上げて、ふらつくように後ずさる。

人は、いつもアゼリアの瞳を恐れる。が、すぐさまバーベナはきっ、とアゼリアを睨み返した。大の大人でも中々こうはいかないが、バーベナの瞳には涙が滲んでいる。バーベナ自身も気がついたのか涙を拭い、再度アゼリアを見たときには先程までの瞳の強さは消えていた。

「あ……」

そしてなにかに気がついたようにはっとして、すぐに小さく首を横に振る。握りしめた拳はなんらかの覚悟の表れのように思えたが、わずかに震えている。すっかりたじろいでアゼリアに怯えている様子のバーベナのことが、アゼリアには今となってはただの少女のように見えていた。

人を傷つけることは本意ではない。大丈夫だろうかと声をかけるべきか逡巡した一瞬の間に、二人を隔てていた扉が力強く閉まった。

「……え？」

そのあまりの勢いにアゼリアは瞬きを繰り返した。家がきしむほどの勢いで閉まった扉と、誰も触っていないはずのドアノブを確認して、はっと振り返る。

「……ルピナス⁉」

「この家から、出てはだめよ」

そこにはまるでどこかに表情を落としてきたかのように、一人の妖精が宙に浮いて、じっとアゼリアを見つめていた。

まさかと驚いたが、その返答が、すべての答えだ。

「どうして？　あなたが扉を閉めたのね？」

「私は精霊ではなく、ただの妖精だけど。この小屋は土の精霊の力が強いから、あなた一人くらい外に出られないように閉じ込めることならできるの……」

「閉じ込める？　一体なにを……扉が開かない！」

ドアノブをいくら回しても、引っ張っても、ぴくりとも扉は動かない。「外に出ないで」と、暗い声のままにルピナスは呟いた。背中の四枚羽が薄暗い光の中で静かに灯っている。

「もう少しで、あの男がここに来るわ。ソップは風の精霊だから、噂話を知るのは得意なの。あの男に近づくことはできなくても、噂を集めることならできるから」

「ソップって？　あの男って、ディモル様のこと？」

「ソップは、バーベナの家についている精霊のこと。あんなちゃらんぽらんなやつ、私は好きじゃないけど。でも、ソップはディモルに近づくことができなかったから、代わりに私が」

　聞きたくないと願った。その先の言葉が想像と違うことを祈って、アゼリアはただドアノブを握りしめたまま、深く息を吸い込み瞳で願った。

「ディモルの日記を盗んで、バーベナに渡したの」

　けれど願いは叶うことなく。

　アゼリアは愕然として目尻を震わすように顔を歪めた。

「……どうして、そんなことを」

「だって！　私は何度も言ったじゃない！　人と関わっちゃだめって、何度も、何度も！」

　ルピナスの声を聞き届けなかったのはアゼリアだ。

　その度にルピナスは悲しげな顔をしていたのに、見ないふりを繰り返していたことを申し訳なく思った。けれども、と小さく首を横に振る。

「心配してくれたあなたの気持ちは、とてもありがたいものだと思う……」

なんとか冷静に言葉を紡げたのはそこまでだ。

「でもこれは、いけないことだわ！　人の秘密を勝手に話してしまったのよ。それは、決してしてはいけないことでしょう……！」

「わかってる、わかってるわよ！　でも、どうしたらよかったの！」

しゃくりあげるように涙をこぼしながら悲痛に耐えるように叫ぶルピナスに、アゼリアはなにを伝えたらいいのかもわからない。せめて抱きしめてあげたかった。なのに、アゼリアとルピナスの間は、徹底的に隔てられてしまった。

もうなにもかも手遅れだった。ルピナスはぼろぼろと大粒の涙を頬に伝わせ、からからになった瞳をそっと窓に向ける。

「来たわ」

弾かれたようにアゼリアは窓を見た。雪の中をディモルが小屋に向かってくる姿が見える。そして彼を出迎えるように、バーベナが。

「ディモル様、違います！」

ルピナスの力に阻まれ、アゼリアの声は届かない。

「ディモル様！」

そうわかっていても、また一歩バーベナに近づくディモルに、アゼリアは喉が張り裂けんばかりに叫ぶ。扉を必死に叩いた。

「……私は、ここです」

けれど、通じることはない。叩きすぎた拳が、じんと痛む。

「今からバーベナは、自分こそがあの男と夜に会っていた庭師だと名乗るの。庭師だと偽っていただけで、ずっと言い出せなかったけれど、本当は貴族の令嬢なのだと」

淡々と、ルピナスはアゼリアに現状を告げる。そしてその通りの内容をバーベナはディモルに告げた。こちらの声は届かなくとも、扉に耳を当てるとあちらの声は聞こえる。ディモルが驚く声が聞こえた。アゼリアはぎゅっと強く目を瞑った。いっそのこと、なにも聞こえなければよかったのに。

「荒唐無稽な話よね。公爵家の令嬢が、ただの庭師のふりをしていただなんて。でもバーベナは言っていたわ。あの男をほんの少しでも信じさせることができたらそれでいいって。証拠は後でいくらでも作ることができるから、まずはきっかけだけでも必要なんですって……」

人って勝手よね、と淡々と呟くルピナスの声だけが、小屋の中に響いていた。

「あの男も、おかしいと思うかもしれないけれど、まずは話を聞くはずよ。現にほら、そんなことを尋ねてる。そしたらバーベナは言うの。まずは私の屋敷に来てくださいって」

『驚くのは無理もありません。まずはわたくしの屋敷にいらっしゃいませんか？　詳しいことはぜひそちらで。馬車を用意していますから』

　予言のようにルピナスが告げ、扉の向こうのバーベナが提案する。アゼリアは瞠目した。わずかにバーベナの声は震えていたが、次第に落ち着いた声色に変わっていく。まるで、本当のことを言っているかのように。

「そしてディモルがその馬車に乗ったのなら、そこでこのお話は終わり。貴族の令嬢の屋敷にこんな夜更けに行くのよ。目撃者はもう準備されてる。明日には二人が交際していることが正式なものとなるわ。噂が事実を呼ぶの。そんなこと、アゼリアも知っているでしょう?」

「……」

　庭園の中で行われる貴族の少女たちの噂話は、彼女たちにとって娯楽の一つだ。けれど、貴族社会の武器ともいえる。

「ディモル様の混乱につけこんで、そんなこと……」

「アゼリアが認めなくても、噂が正式なものになれば婚約者ができるのよ。あの男がここに来ることはもうないわ。家同士の付き合いだもの。ふらふらと夜に出歩いてアゼリアと会うことなんて許されるわけがない」

　ふいに、ルピナスの声に怒りが滲んだ。アゼリアは眉をひそめたが、そうこうしている間にディモルたちの会話は進んでいく。

『きみの家に？　どうして』

『ここでは落ち着いて話すこともできないでしょうから。まずはゆっくり、互いの思い出を語り合いたいと思いますの。二人で見た夜の美しさは、忘れられませんもの』

『夜の美しさを……』

『ええ、ぜひともご一緒に』

もう、だめだと。そう思って俯いた。

ディモルは否定することはできないだろうと。なぜなら。

アゼリアは、彼に自分の名すらも告げていないのだから。


『――いいや、断るよ』


だから次に続いた言葉に、目を見開いた。はっとして顔を上げて、まずは幻聴を疑った。

願うあまりに、彼の言葉を自身の耳が形作ってしまったのではないかと。しかし苛立ったようなバーベナの返答を聞き、幻聴ではないことを悟った。

『……なぜ？　不思議に思われることは無理のないことですわ。けれど、わたくしにはあなたとの記憶があります。じっくり話をすれば、すぐに誤解は解けますわ』

『悪いけれどきみが彼女じゃないということははっきりとわかる。いくら話したところで無駄だよ』

ディモルは、バーベナがアゼリアであることを一欠片すらも信じていない。吐き出す息が震えると同時に、「どうして……⁉」とルピナスが驚愕の声を上げる。瞬間、大きく小屋が揺れた。

そのあまりの衝撃に、アゼリアは悲鳴を上げた。わけもわからず体を硬くして衝撃から自身を守ろうとしたと同時に、勢いよく扉が開く。扉に両手をつけて耳を当てたままであったアゼリアは、転がるように外に出た。

なにがあったのかと倒れ込みながら辺りを見回して、震えるような恐怖が体を駆け巡っていることに困惑した。

「アゼリア⁉」

そんなアゼリアの心情も知らず、顔から地面に倒れ込んだアゼリアにディモルは驚きの声を出したが、即座に駆け寄る。ようやくアゼリアが落ち着き、ディモルに手を引かれながら立ち上がったときに見たバーベナの顔は、羞恥に真っ赤に染まっていた。

ディモルと手を繋ぐアゼリアの姿を見届けて、バーベナは強く唇を嚙みしめた。そしてすぐさま背を向けて夜の庭園の中に逃げ去る。

「どこに……！」

このまま逃がすべきか、それとも、と逡巡する。本来のアゼリアならば、逃げるのならば追いかけることすら考えもしなかっただろう。けれどもこの日は違った。ぞくりと胸の内がひっくり返るような胸騒ぎがあった。これは決してバーベナが小屋を訪ねてきたことに対してではない。現に奇妙なほど小屋が揺れた。大地が、揺れたのだ。

考え終わる前に、アゼリアは駆け出していた。すぐさまそれにディモルが続いた。

「……夜の庭園に女性は危ない！　僕が行くから、きみはこの場にいてくれ！」

そしてあっという間にアゼリアを追い越し、小さな背中となって消えていく。

そのとき、アゼリアは木々の声を耳にした。

庭園が。森が。

大きく、うごめいている。

「どうして……」

バーベナ・セプタンスはぼろぼろと涙をこぼしていた。普段の彼女ならば、ありえない行動だった。それこそ、涙を浮かべることも――今回の企みも。

吐き出す息はどこまでも白く、いつの間にか走ることもやめて幾度もハンカチを目頭に押し当てた。

「いくら相手が庭師とはいえ、立場を入れ替えろだなんて、わたくしは、なんてひどい命令を……」

たしかに、ディモルとの縁を探しあぐねていたことは事実で、枕元に落ちてきたディモルの日記は驚くべき内容だった。そして庭師のもとには、協力してくれる妖精もいるとソップから話を聞いて、まるで天啓のように今回のことを思いついた。

庭師の姿は以前に庭園に訪れたときに目にしたことがある。そのときから、バーベナの心の中には奇妙な魔物が住んでいた。

あれは、**人ではないのだからなにをしてもかまわない**のだと。

いくら使用人と同じ立場だとはいえ、限度がある。人は、人なのだ。そんなわけがないとわかっているはずなのに、なぜかつい先程までバーベナの中には小指程度の疑問すらも湧き上がらなかった。庭師の少女――アゼリアと目を合わせた瞬間、泣き出しそうな菫色の瞳を目に留めたとき、なぜか唐突に彼女が人間なのだと気がついた。

それでも、己の矜持を振り絞って睨み返してしまったが、そんなものは矜持でもなんでもない。後悔の渦に胸の内がどうにかなってしまいそうだ、とバーベナはさくりと雪の中に足を踏み入れ、長いため息をついた。

「……彼女に、謝罪を行いませんと。聞き入れてもらえるのかわかりませんが……いえ、わたくしはもう関わるべきでは、ないのかも」

汚いことならいくらでもやってのけるが、今回の件については、バーベナにとって到底自身を認められるものではなかった。けれど、もう見ないふりはできない。

「まずは、迎えの馬車へ移動しませんと……。ソップは余計なことを言いそうだからと置いてきてしまいましたし。家令が心配しているはずですわ」

強く目を瞑った後にすぐに前を向き、周囲を見回す。

がむしゃらに走ってしまったものだから、この広大な庭園の中だ。もはや右も左もわからなくなっている。思わず空を見上げた。木々に阻まれた空の隙間から、ぽかりと月が見えていた。風が吹く度に、ざわざわと寒さと不安がこちらに運ばれてくる。

「……足跡を辿って、もとの道に戻るしかなさそうですわね。あら？」

ちらりと人影が見えたことに、バーベナはほっと息を吐き出す。一人きりの夜の庭園である。本来ならば警戒してしかるべきなのだが――それ以上に、今の彼女の心は弱りきっていた。

人がいることに安堵し、声をかけようとしたのだが。

「きゃあっ⁉」

ぼうっ！　とバーベナの前で、炎が巻き上がった。

木々をなめ尽くすように燃え上がる炎。それに一人の男の姿が照らされた。もちろん顔に見覚えなどない。しかし男はバーベナを見逃さなかった。悲鳴を上げたバーベナに男は振り向いた。バーベナは逃げようにも木の根に足を取られてしまい、もがきながら必死に距離を取ろうとする。しかし、彼女に向かって、男はゆっくりと手を伸ばす。

闇をつんざくように響いた悲鳴に、ディモルははっと振り返った。

「しまった……！」

雪にできた足跡を追ってきたものの、途中崩れた雪で足跡が埋もれており、分かれ道を間違えてしまった。間違いに気づいたときに引き返したが、すでに一歩遅い。

「くそっ！」

吐き捨て、ディモルはさらに速度を上げた。夜の庭園は庭師以外の立ち入りを禁じている。かといって、忍び込む不届き者がいないとも限らない。腰に差した剣の柄を握りしめながら、さらに上体を低くして木々の隙間を駆け抜けたどり着いた場所で、ディモルは驚くべき光景を目にした。

その場は、一面の白で覆われていた。

いつしか吹き荒れ始めていた横殴りの風の中を雪が舞うように飛び、ディモルの肩や頬をあらん限りの強さで叩きつけてくる。雪の中で倒れている少女がいた。見覚えのあるピンクブロンドの髪を目にして、即座に走り寄ろうとしたが、その隣にはさらにもう一人の少女がいる。

こちらに背を向けた少女のローブが風の中でうねるように泳いでいた。少女——アゼリアは。ぴくりともディモルに顔を向けることなく、フードで隠した顔の向こう側は暗い森の木々を見上げているように見えた。

待っておくようにと伝えたはずだが、たまらず飛び出してきたのだろうか。ディモルの後ろにいたはずの彼女が、先にたどり着いていたことには自身が迷ったこともあり、さして疑問には思わなかった。

けれども一瞬、なぜだかディモルはその光景を前に躊躇した。が、二の足を踏んだ事実をすぐさま恥じてバーベナに駆け寄り、腕の中に持ち上げた。バーベナの青白い顔が月明かりに照らされたが、どうやら気を失っているだけのようだとほっとする。同時に、近くに男がうずくまっていた。一部が煤のようになった燃えあとを見せる木々の中で、奇妙なことに植物のつるや木の根が男の体中に巻き付いており、こちらも意識を失っている。

「……これは一体……」

明らかに、異様な光景である。

疑問を声に出しながら周囲を見回そうと振り返ったとき、足跡が三人分しかないことにディモルは気がついた。ディモル、バーベナ。気を失った見知らぬ男、そして彼女。本来なら四人分あるべきそれが、この場にはない。

「…………」

雪に、かき消されたのだろうか。

しばし間を置き、幾度かの呼吸を繰り返した後、ディモルはアゼリアを見上げた。

「この場でなにかあったのか、きみは……」

知っているだろうか、と問いかけようとした声は、ごくりと呑み込むしかできなかった。

少女が、ただ空を見上げ滂沱の涙をこぼしていたから。

なにを言うこともなく。フードで隠された顔からちらりと見える頬の上を、ただ機械的なまでにぽろぽろと涙が伝っている。

「……なにが」

心配とも、不安とも言い切れぬ声でディモルが呟いたときだ。

木々が、嘆いていた。

そうとしかいいようがない光景だった。庭園の中の森が、おお、おお、おおとまるで声を出すかのようにぎしぎしと風で枝や幹を鳴らしている。暗い闇がさらに暗く、白の雪はさらに白く、視界を埋め尽くしていく。ぞくりとディモルの身を揺るがすのは、本能的な恐怖だ。いや、違う。ディモルも、なにかを嘆いている。

理屈ではわからぬ、なにかを。

「土の精霊様が……」

そのとき、ぽつりとアゼリアが呟く。

空の中に吸い込まれてしまいそうなほど、か細い声で。

「――お亡くなりに、なってしまった」

ディモルは、わずかに目を見開き、アゼリアを見上げた。

――一つ、つまらない予言をしてやる。お前にはこれから多くの困難が降りかかるだろうな。

それは、赤髪の友人が残した言葉だ。

終章　星空を見上げて

なにもかもが嘘のようだと、アゼリアは一人、小屋の中で座り込んでいた。

庭園を燃やそうとしていた男がいたことをディモルに伝えると、ディモルは意識を失ったバーベナをすぐさま避難させるとともに、警邏の騎士を呼んだ。不届き者である男は捕縛され連行されたものの、土の精霊が死した事実は変わらない。ルピナスも、消えてしまった。

一日たち、二日たち、やはりすべてが現実なのだとアゼリアは知った。わかる、としかいいようがない。長くこの国を守っていた精霊が、死してしまったという事実が。

——土の精霊様さえいらっしゃれば、プランタヴィエ王国は安泰です。

「……ふふ」

ある日の自身とディモルとの会話を思い出し、あまりの能天気さに嫌気がさして、笑ってしまった。精霊にも、死は訪れる。人よりもずっと長い時間を経て消える精霊もいれば、瞬きのように短い時間の中で消えてしまう者もいる。土の精霊は、前者だったということだ。

でも、それはもっと先のことだと思っていたのに。

なにもしないままに夜がきて、ぽつりと一人庭の椅子に座って、空を見上げた。にこにこと笑って、一緒にお茶を飲んでくれる妖精はここにはいない。代わりに、金の髪の青年がやってきた。

「今日は、手土産はないんだけど」

その申し訳なさそうな声に、アゼリアは力なく会釈をするだけで返答した。フードで顔を隠してはいたが、伝わるものはあるのだろう。そんなアゼリアをディモルは痛ましげな目をして見つめていた。

そして彼は語った。二日前の事件の顛末についてを。

「とても、申し訳ないことだけれど――」

そう枕詞から始まる説明は、今更、アゼリアにはどうでもいいことだったけれど。

庭園に火をつけた男は、即座に捕縛され王宮に連行されたはずだった。しかし男は罪に問われることなく釈放された。ディモルや一部の騎士はもちろん処遇への異を唱えたが、捕縛された男は貴族の手の内であり、ディモルたちにはどうすることもできなかった。

もちろん、目を覚ましたバーベナも男の悪事を指摘したが、現状、今の貴族制度は貴族の位よりも各家につく精霊の力の強さの方が優先されてしまう。バーベナの位は公爵家であり貴族としての位は高いが、ソップは生まれたばかりであるためまだ力が弱く、主張も通らなかったという。

「少し前から土の精霊様はお姿をくらませていらっしゃったために、今回の騒動は……一部の者たちの間では噂として囁かれていたようなんだ。混乱を防ぐために、市民へと土の精霊様の死の正式な発表がされるのはしばらく先のことになると思う。……現国王はお体が弱く、また王太子はまだお小さい。今は貴族たちが実権を握るべく宮中で好き勝手に動き回っている状況で、つまり、庭園は、巻き込まれた形なのではないかと……」

苦虫を噛み潰したようにゆっくりとディモルは言葉を告げる。アゼリアが管理する庭園は、いわば土の精霊、また王家の権威の象徴である。それを燃やされてしまうとなれば、王家の失墜を表す。くつりと妙な笑いが込み上げてしまったが、すぐにアゼリアは表情をなくした。

「バーベナ様にお怪我は……？」

「大丈夫。僕は直接話を聞いたわけではないけれど、問題ないとのことだ。ただ、なぜあんな夜更けに庭園にいたのか、ということは口を閉ざしていらっしゃるらしいが……」

ディモルは困ったように頭をかいていたが、アゼリアははっとして、慌てて謝罪のために頭を下げた。

「申し訳ありません、ディモル様のことはどなたにも伝えないと誓ったのに、バーベナ様がディモル様の秘密を知っていたのは、私に、原因が……」

「ああ、夜の記憶のこと？　彼女が知っているのは正直驚いたけれど、わざとじゃないんだろう。それに……秘密はいつかばれるものだから」

そんな言葉で終わらせることなどできるわけがないはずだ。

だというのに、ディモルは微笑みを絶やすことなくアゼリアを見つめている。

「すみません」

優しい人だ、と思うと同時に、あまりにも悲しくなった。ディモルは自身の秘密が他者に伝わることでさえ、仕方のないことだと初めから諦めている。もしくは受け入れているのだろう。

それは生まれ持った血筋に対する呪いで、決して、ディモルのせいではないのに。彼は、自身のこととして納得して、しっかりと前を向いている。「すみません」と、再度出した声は、涙で滲んでいた。彼に比べて、自身はどうだろうとアゼリアは苦しくなった。

滲んだ瞳をごまかすように、ローブのフードで何度も目頭を押さえるように拭った。顔を隠して、人から逃げて生きていくことしか、方法を知らない。その居場所でさえ、土の精霊にもらったものなのに、なにもすることができない。

「やだな、どうしたんだよ」

困ったようにディモルが声を出して、椅子から立ち上がった。

「泣かないでくれよ」

まるで子どもを相手にするような優しい声が、またアゼリアの涙腺を刺激する。「ごめんなさい」とひくつくように謝罪を繰り返すことしかできない。泣かないでくれよ、と今度はさらに小さな声で、ディモルがかすれた声で呟く。するりと、彼の手のひらがアゼリアの頰をなでた。

「アゼリア、泣かないでくれ」

一瞬、聞き間違いかと思った。

——どうして、彼がその名を知っているのか。

あまりの驚きに、アゼリアはきょとんと瞬き、涙まで引っ込んでしまう。ぱさりとフードが落ちて、泣きじゃくった後の菫色の瞳がディモルと見つめ合った。

「一度、きみの名を呼んでしまったんだけど、気づかなかったかな」

いつのことか考えようとしたが、驚きすぎているのか、それとも泣きすぎたのか、うまく頭が回らない。アゼリアはふるふると首を横に振って返事をすることしかできない。

「きみが僕に謝るというのなら、僕もきみに謝らないと。僕は、きみの名前を少し前から知っているよ」

「どうして……」

「あの日、昼間に出会った茶葉を卸しに店に来た少女とお茶を飲んで、それが、きみだとわかったから」

ディモルはにこりと柔らかく微笑んだ。大きな手のひらが、アゼリアの片頬を包んでいる。けれどその説明だけではどうしてもわからない。

ディモルもアゼリアの疑問には気づいているのか、困ったような顔をした。「だって、きみ、自分で言っていたじゃないか」と。

「え、あの……？」

「僕が飲んだ、スパイシーな味のハーブティーの種類をフェンネルだと教えてくれた」

「そ、それだけじゃ」

「僕は最近飲んだハーブティーを尋ねたんだよ？　それをきみは夏に咲く花なのに、フェンネルだとはっきりと言った。貴族の店でも季節の違う花は売られているが、ハーブまでは売られていない。冬にフェンネルが咲くのは、季節がおかしくなるこの庭でしかありえないことだ」

「で、でも、もととなるフェンネルシードは長期に保存することができます。そんなの、なんの確証にもなりません」

「ようく思い出してくれ。きみは、作りたては特に味わい深い、とも言っていたよ。作ったばかりなのだと知っていた。僕がきみの言葉を一言一句逃すわけがないに決まっているじゃないか」

瞬間、アゼリアは赤面した。ディモルの思わせぶりな言葉に困惑したのか、自分のミスに羞恥したのか。それとも、いたずらが成功した子どものような顔にただただどきりとしてしまったのか。

なにも言えずに俯く一歩手前で、アゼリアはぎゅっと唇を噛んで逃げ去ろうとしたが、「嘘だよ……」と唐突に寂しそうにディモルが苦笑したから、アゼリアはぴたりと動きを止めた。

「全部嘘だよ。全部とってつけた嘘だ。たしかにきみの言葉で確信はしたけど、ただ、わかったとしか言いようがない。きみと並んでお茶をしていたら、きみがアゼリアだとわかっただけさ。きみが……言いたくないようだから、ずっと黙っていようと思ってたけれど」

でも、きみが泣くから。と小さな声が聞こえる。

アゼリアは困り眉のままじっとディモルを見上げた。いまだに彼はアゼリアの頬へと手を置いている。その部分が、とにかく熱い。

「僕はきみの名前を呼びたい。……嫌じゃないかな」

この聞き方は、ディモル自身が意図してかはともかく。少しだけずるいものだった。

だめかどうかと聞かれたのならば答えに窮したが、嫌かと聞かれたら否定するしかない。

「……嫌では、ないです」

アゼリアが返答した瞬間、これ以上ないくらいにディモルは嬉しげに破顔した。

「これで、やっときみの名を呼べる。──アゼリア」

なんて甘い響きなんだろう。

ただの名前のはずが、ディモルの声はアゼリアの中で深く沁みた。夜の闇を通り過ぎて、降りしきる雪は花の蕾がはじけて、夜を彩る。

なぜだか恥ずかしくってたまらなかった。

なのに雪がきらきらと輝いていて、小屋の裏手に咲いたフェンネルたちは、顔を真っ赤にするアゼリアを見てきっと今頃おかしげに笑っている。さわさわ、さわさわ。黄色い小さな花たちをこすり合わせて、風の中で楽しそうに躍っているんだろう。アゼリアの頭の上にある星空は先程までと変わらないはずなのに、ことさらぴかぴかしていて、月だってまんまるだ。

夜がこんなに綺麗だっただろうかと感じるのは、ディモルといるといつものことだ。

「はは。アゼリア。アゼリア。……アゼリア」

「や、やめてください……面白がらないで……」

「面白がっているわけがない。きみの名を呼びたいんだ。これから、何度でも」

そうして笑うディモルの頭の上では、たくさんの星が流れていく。ひとつ、ふたつときらきらの尻尾をひいて、流れるように消えていく。

――アゼリアは、ディモルといるとわけがわからない感覚に襲われるときがある。胸がぎゅっと痛くなるときがある。

嬉しくて、不安で、でもやっぱり嬉しくて。

いつの間にか、アゼリアはディモルに抱きしめられていた。りんごのように赤くなった頬は、冬の風になでられてひんやりとしている。でも体から伝わる熱はほのかに温かく、まるで現実味がない。

「それにしても、やっぱりあのときの女の子がアゼリアだったなんて。つまり、僕はアゼリアが作ったお茶を買って、美味しいと言っていたということか。なんだか間抜けだな」

「そ、そんなことはないです。……嬉しかったです」

「そう言ってくれるのなら、よかった」

あのときの優しい気持ちを思い出して、アゼリアはしんとした冬の空気を味わった。

不思議な、気持ちだ。

「……泣きやんでくれて、よかった」

そのときほっとしたようなディモルの声を聞いて、またアゼリアは恥ずかしくなってしまった。

「す、少しだけです。少し泣いただけですから」

「少しだけでも、胸が痛くなるんだよ。僕には泣き虫の知り合いが多いから。例えば、小さな男の子とかね」
　それは、誰のことだろうと考える前に、ディモルがまた強くアゼリアを抱きしめたので
ぎくりとした。でもそんなことにディモルは気づかず、「綺麗だなぁ」としんみりとした
声で呟いていた。
「うん、綺麗だ。夜は、綺麗なんだ。……だから、僕にできる精一杯の力で、この夜を守
らないと」
「……ディモル様？」
　それは奇妙な言葉だった。二人は互いに自然と距離をあけて、アゼリアはディモルの胸
に手を当てながら、そっと彼を見上げる。ディモルはアゼリアと目を合わせたとき、少し
だけ照れたように笑っていた。
「ごめん、少し思うところがあって」
　そう言って、わずかに白い息を吐き出す。
　すぐに、その息の色は夜の闇に溶けて、消えてしまった。
「……しなければならないことがあるんだ。もともと断るつもりもなかったけれど、でも、
ここに来て、覚悟が決まったよ」
　ありがとう、とディモルはとても優しげな顔で、礼を言った。

ディモルがなにをしなければならないのか。そのことは教えてくれなかった。問いかけてもはぐらかされるだけなように思えて、アゼリアはそれ以上聞くことはできなかった。

そして翌日。アゼリアは日課の仕事を終えて、街の中を歩いていた。正直、足が震える。いつもと同じ道を歩いているのならばともかく、まったく初めての貴族街だ。

通常の市街よりも道は整備されており、馬車が通りやすくするためか道幅も広い。端に隠れて歩くにはどうにも不向きだ。それでも、アゼリアはゆっくりと目的地に向かった。

手に持っているのは招待状だ。封蝋には貴族の紋章が押されていたが、そういったことには詳しくないのであまり気に留めなかった。代わりに、差出人の名だけはアゼリアはよく知っていた。

――バーベナ・セプタンスより。

それはアゼリアに立場を譲れと脅しをかけてきた少女の名だ。セプタンス家の屋敷にくるようにと書かれたシンプルな招待状が届けられたときは驚きを通り越して前回の恐怖を思い出しわなないた。けれどアゼリアにはどうしても彼女に伝えなければいけないことがあると、足を踏みしめた。それさえなければ、今すぐにでも尻尾を巻いて逃げてしまいたい。

招待状にはご丁寧に屋敷までの地図も同封されており、アゼリアはそれほど迷うことなくセプタンス家にたどり着くことができた。どうなることかと思ったが、入り口の警備の兵に手紙を見せると、あれよあれよと案内され、アゼリアはいつの間にか座り心地のいい大きすぎるソファーと立派なローテーブル、そして暖炉が燃える部屋へと案内されてしまった。

目の前には、アゼリアを呼び出した少女――バーベナが。

この間は緩くウェーブのかかっていた髪はきちんと結い上げられており、出された紅茶のカップを持ち上げて匂いをかぎ、ふんっと鼻で息を吹き出していた。ローテーブルの上に置かれたお菓子を、緑髪の小さな精霊が頬が変形するほどにもりもりと口の中に入れている。おそらく彼がソップなのだろう。

「あなた。ディモル様の日記の中にはお名前がなかったけれど、なんと呼べばいいのかしら。まさかわたくしに庭師と呼べと？」

「あ、アゼリアです……」

もはやディモルにも知られてしまった名であるし、今更隠す必要もない……というのは言い訳で、ぎろりと射抜くようなバーベナの視線に耐えられなかった。帰りたい、いや、来なければよかった、と若干の後悔がアゼリアの胸を過る。

「紅茶、飲みませんの」

言葉の圧がとても強い。

アゼリアはだらだらと首元から汗を流した。すでに繰り返されること数度目の後悔の言葉を頭の中で呟き、唯一慰められたことといえば、ディモルが話す通りに、バーベナには怪我一つない様子ということくらいか。もっと早く駆けつけることができていたら、と考えていたので、ほっとした。気持ちの面でも元気そうでなによりだ。

「黙っていらっしゃらないで、さっさと諦めて我が家の歓待を……」

「あのっ！」

とうとう、アゼリアは勇気を振り絞った。この場に来た目的をなんとか果たそうと、膝の上に置いた両手をぎゅっと握りしめる。もちろん、バーベナを怖がらせないよう視線は下に向けて、瞳を合わせないようにして。

「バーベナ様！ こ、こんなことを私からお願いするのはおかしな話なのですが！ お願いです！ ディモル様の……彼の秘密を。どうか他の方には、伝えないでいただけないでしょうか……！」

声がひっくり返りそうなほど不器用に、けれども必死にアゼリアは伝えた。

ディモルの秘密——夜九時以降の記憶を忘れてしまうこと。アゼリアにとって、自身のことよりもなによりも、それは重要なことだった。

アゼリアは叫んだ後でちらりとバーベナを窺うと、彼女は顔を真っ赤にして、わなわなと震えていた。

「そっ」

しまった、とアゼリアは目を瞑った。なぜ自分はもっとうまく伝えることができなかったのだろうと申し訳なくなって、さらに顔を俯かせた。が、続いた台詞は、アゼリアにとって予想外なものだった。

「そ、そんなこと、あ、当たり前ですわっ！」

「……えっ？」

「ええ、ええ！　当たり前でしょう！　そ、そもそもこの場にあなたを呼んだのは謝罪をするためで……！　手紙に書いてしまったらディモル様の秘密が誰かに伝わってしまうかもしれませんし、こうしてあなたをこの場に呼ぶことしかできなかっただけで……」

「あ、あの？」

「この際はっきりとお伝え致します。アゼリア、先日は、本当に……本当に、申し訳ありませんでしたわ！　こんなことは言い訳ですけれど、あのときの、いいえ、今までのわたくしはとてもおかしかったの。あなたのことを人ではないように……そう、もっと別のなにかのような……」

　バーベナの突然の謝罪に目を白黒させていたアゼリアだが、最後の言葉にはぎくりとした。けれど、「許してくださいとは言いませんわ。あなたの立場を脅かすような行為をしたのは、わたくし自身。謝罪を受け入れてくださらないのは仕方のないことだとも思っていまず」とそっと頭を下げられたので、「や、やめてくださいっ！　き、貴族の方がこんな」と悲鳴のような声を出して立ち上がった。あまりにも心臓に悪い光景だ。

「いいえ、いいえ。わたくしはそれだけのことを……」

「許します！」

　びっくりして勢いづいて出てしまった台詞だったが、吐き出した自分の言葉に驚いて、逆に段々落ち着いてくる。こちらをぽかんと見上げるバーベナに視線を合わさないように慎重に目を向けて、心に浮かぶ言葉を、一つひとつ、ゆっくり吐き出していく。

「その、ディモル様に関しては私がなにか言う権利はありませんし、なにも言うことはできません。でも、私個人については……驚くというか、悲しくもなりましたけど、こんなふうに、はっきりと貴族の方に謝っていただく機会なんて、人として、相手にしていただけることとなんて、全然……」

　それこそディモル以外には、と考えて、口ごもってしまう。

　バーベナはアゼリアを人として、相手にしてくれている。そのことが自分でも不思議なくらいに嬉しく感じた。

「だから、その。許します」

「アゼリア……あなたがそう言ってくださるのはありがたいけれど、やはり」

「ですから頭を下げるのはやめてください！　し、心臓に悪いです！」

「そうだそうだ、やめろやめろ！　お嬢様の頭なんておいらが好きなドーナツよりも軽いからな！　そんなもん下げられても砂糖を振らなきゃ美味しくも楽しくもなんともないぞ！」

「ソップ。今日は黙ってなさいと伝えたでしょう……？」

バーベナは即座にソップを鷲摑みにし、地を這うようなドスのきいた声で睨めつけている。「ひょええ……反省するから助けて……」「あっちに行っておしまいなさい！」バーベナは横投げにクッキーを放り投げ、ソップはそれを「ほっほーい！」と空中でキャッチしてさくさくほっぺに詰めている。アゼリアは、一体なにを見せられているのだろうか。

ちょっとよくわからないが、どさくさに紛れて空気が明るくなったことに、アゼリアは少しほっとしてしまった。そんなアゼリアの心境も知らず、バーベナは頰に手を当てて、はあ、と重たいため息をついている。

「本当にあの子は騒がしくて……風の精霊は他の精霊よりもずっとちゃらんぽらんになりやすいといいますか。先代の精霊もそうでしたから、他のご令嬢たちがいるときならともかく、気を抜くとどうにもこんな調子になってしまって」

「そうそう。バーベナお嬢様は実は脳みそつるつるなんだぞ。でもそんなお嬢様がおいらは好きだぞ。からかいやすくて」

「おだまんなさい！」

　再びソップに剛速球でクッキーを投げつけたかと思うと、「うほほーい！」とソップは嬉しそうに受け止めている。不思議な精霊との関係もあるのだな、とアゼリアは呆然と彼女らを見つめた。

「ああっ！　ごめんなさい。まずは座ってくださいな。ほら、紅茶はお好き？　お菓子も用意しているわよ。どうかすべてを説明させてほしいの。もちろん、あなたが聞きたくないというのなら、言わないわ。せめてお茶だけでも楽しんでいってちょうだい」

　もちろん、アゼリアはバーベナの気持ちを受け入れた。

　バーベナの気持ちが軽くなるのなら、なんでも聞きたいと思った。そして教えてくれた内容は、以前にディモルから知らされたものと同じ、けれどもさらに深い事情に直結するものであった。

――セプタンス家はプランタヴィエ王国でも有数の貴族ではあるが、家につく精霊がソップに代替わりしてからのここ数年は社交界の中でも難しい立場にあるのだという。

「最近は、セプタンス家の分家であるオットーブレ家が大きい顔をしているのよ。あそこは火の精霊がいるわ。当主は嫌味なじじいよ。いつも怪しい動きばかりしていて、隙あらばとセプタンス家の失墜を狙っているんだけど、今回はさらに怪しい動きをしているわ」

　きっとオットーブレ家の息がかかった人間が庭園を燃やそうとしたに違いないわ、と怒りのあまりわなわなと体を震わせながら話すバーベナは、持ち上げたティーカップとソーサーまでかちゃかちゃと音を鳴らすほどであった。

「おそらく、今はプランタヴィエ王国の転機とも言えます。いくらセプタンス家が国内有数の貴族とはいえ、この渦の中に巻き込まれて潰えてしまう可能性もあるもの。せめて強い精霊の加護を持つ、血筋を取り入れたかった……そこでいうと、ディモル様はとっても素敵な案件だったわ。だから、ディモル様の弱みを握ろうとしたの。でも貴族同士ならばともかく、その過程であなたを巻き込もうとするだなんて……」

最後の言葉は苦しげなものだったが、アゼリアはあえてそのことには口を出さなかった。

それよりも、プランタヴィエ王国の転機、という言葉が、胸に大きく響いた。

（……土の、精霊様）

彼は、もうこの世にはいない。いつも温かく国を見守っていたあの優しい精霊が。

「なんにせよ、わたくしの魂胆はディモル様にもばれてしまったわけですし！　そもそも横恋慕は趣味じゃございませんわ。もともと彼に恋していたわけではなく、条件のみがそれはもう光り輝いて見えただけですしっ！」

「えっ？」

考え込んでいたアゼリアの手を、バーベナはテーブル越しにすくい取って、ぎゅっと握りしめた。

「がんばってくださいませっ！」

驚くアゼリアを見て、ソップは「ひゅう〜！」と口笛を吹いている。

「え、な、なにをですか……？」

「そんなことよりもお嬢様。他にも伝えなきゃなんないことがあるんじゃないの？」

「そうでしたわっ！」

はたとバーベナは瞬いて「でかしましたわっ！」とソップに親指を立てている。もちろん精霊側も同じ仕草で応対して、にかっと笑った。よく似た精霊と人である。

「アゼリア、案内したい場所があるの。こちらについていらしてねっ！」

そう言って、バーベナはアゼリアを力強く引っ張った。あまりの性急さに仰天するアゼリアだったが、「あなたにとって、とても大切なことですから！」という言葉に、自然とアゼリアは頷いていた。


案内されたのは、屋敷の中の一室だった。そろそろ夕方近くになるが、部屋の中は明かりが灯されているらしく、広い部屋だというのにすぐに中を見渡すことができた。

「ソップ？　さっさともっとお菓子を持ってきてよ！　早くして！」

そう言って、アゼリアに背中を向けてきゃんきゃんと叫んでいるのは小さな少女だ。小さい、とはいっても子どものような大きさではなく、アゼリアの手のひらくらいで。背中には、四枚の羽が見えていた。

アゼリアは、扉の中に入ることもできずに、ただじっと彼女を見ていた。

「ソップ？　聞いてる？　早くしてったら、同じ森で生まれた仲でしょ、こんなときくらい、お願いを聞きなさいよ！　私はもう、食べることしか……」

「ルピナス」

自然と口にしていた涙まじりの声に、ルピナスは弾かれたように振り返った。口元にはクッキーの食べかすがたくさんついていて、紫の瞳は泣き腫らしたように真っ赤だった。

そしてアゼリアの姿を認めて、瞠目して、ただぽかんと口をあけていた。

「……わたくしには見えませんけれど、ここにはあなたの友人である妖精がいるのでしょう？」

「お転婆ルピナスがうるさいんだよ……あの日からここに逃げ込んできてさぁ。お願いだから持って帰ってくれよ」

なあ？　とソップとバーベナが、アゼリアの背後でそっと囁いている。

はっとしたルピナスは、すぐに羽を動かし、その場から立ち去ろうとした。

「逃げないで！」

アゼリアは、彼女らしからぬ鋭い声でルピナスを制した。ルピナスは窓から飛び立とうとした格好のまま動くこともできずにただ震えながらほんの少しアゼリアを振り返った。

「逃げないで、ルピナス」

硬い声のまま、アゼリアはルピナスに近づく。一歩、いっぽ。とうとう、アゼリアとルピナスは二人で向き合っていた。

気づけばみるみるうちにアゼリアとルピナスは、二人してわっと大粒の涙を流していた。

「ごめんなさい、ひどいことをして、ごめんなさい！」

「私も、ごめんなさい。あなたの話をきちんと聞いてあげることができなくて」

「あ、アゼリアには、あの子と同じようになってほしくなかったの」

「あの子って？」

「私のずっとずっと、昔の友達。人に騙されて、悲しんで、苦しんで……」

「そうなの。そんな友達がいたのね。知らなかった、ごめんなさい……でも、あなたはいけないことをしたから。きちんとディモル様に謝って。姿が見えなくても、声が聞こえなくても。それだけはしなくちゃだめ」

「うん、うん」

「約束できたなら、一緒に帰ろう」

「うん……！」

ぼろぼろと涙をこぼすルピナスを、アゼリアは小さな彼女の体を潰さないようにそっと抱きしめた。

彼女がいなくなってしまわなくてよかったと、そう思う。ルピナスはアゼリアが幼い頃からいた友人だ。それこそ、一人きりの苦しいときだって両親がいなくなってしまったときだって、ずっと隣にいてくれたのだから。

そうして声を上げて泣く二人を見て、バーベナとソップはちらりと目を合わせて肩をすくめた。それは呆れたような目にも見えたが、優しげに、二人を見守るような目だった。

「……ここに、もう一人いるんだって？」

夜、庭園に来たディモルが驚いたのは無理もない。今回の顛末を、言葉が届かないルピナスの分までアゼリアは伝えた。

「い、今までずっとここに……？」

「いいえ、今は目の前にいますけれど、ずっとというわけでは……」

ルピナスはディモルが来ると、不貞腐れて小屋の中にこもっていたことも多かったのでそう伝えると、「よかった」とディモルはいつも通り椅子に座りながら、ほっと息を吐き出していた。

その姿が少し意外なように思ったのでアゼリアが首を傾げると、「ほ、ほら。僕はアゼリアに対して、人が見るには、恥ずかしい言動を何度か……」「恥ずかしい、ですか？」

途中で止まった言葉の続きを聞きたくて尋ねたのだが、ディモルは真っ赤な顔のまま、はくはくと口を動かしている。

「ディモル様は恥ずかしいことなどされていないと思います。お話しされる言葉は紳士的ですし、礼儀作法もきちんとしていらっしゃいます」

「そう、いや、あの、そういうことではなく……」

「言葉遣いは丁寧で、いつもこちらのことを気遣ってくださいますし」

「そ、それはその」

「ディモル様の行動を不快に思ったことなど私は一度もありません。私のような人間にもそれはそれはお優しく。まるでおとぎ話の騎士のような」

「え、ええっと」

「本当に、ディモル様ならば、今日のように寒さでお鼻が真っ赤になっていらっしゃったとしても、間違いなく騎士の鑑といえると思います！」

「ええ、そんなに赤くなっている⁉」

「アゼリア、もうやめてあげなさいよ……」

まさかのルピナスからのストップに、またアゼリアは「でも」と眉をひそめる。

「と、とにかく！」

そこでディモルは無理やりに言葉を切った。ごほん、と強めにされた咳払いにどきりとしてしまう。そうだ、アゼリアはディモルが不愉快に思っても仕方のない話をしたのだ。

「……ちょっと、考えないとな」

重々しい声はディモルの心情を表しているようで、アゼリアとルピナスはただ頭を垂れることしかできなかった。でも、このまま黙ったままも卑怯な気がして、「なにを、ですか……？」と刑の執行を待つような気分でアゼリアはこわごわと問いかけた。

「なにをって、菓子のことだよ」

「お菓子、ですか……？」

「だって、二人だと思っていたのに本当は三人だったんだろう？　減る速度が妙に速くておかしいなと思っていたんだ。今まで僕が持ってきていた分はちょっと少なかったんじゃないか？」

至極真面目な顔で語るディモルがあまりにもおかしくて、アゼリアは数秒ののち力いっぱい吹き出した。くつくつと肩が笑ってしまう。

「え、なにか僕はおかしなことを……？　ああ、もしや人間の菓子を妖精が食べるだなんて、失礼なことだったりするのか⁉」

「いえ、そんな、まったく。大丈夫です。妖精もお菓子は食べますし、今まで美味しくいただいていました」

「そうか、よかった……」

「それならもっと、もっとたくさん持ってきなさいよ！」

「ルピナス！」

いい加減にしなさい、とアゼリアがぴしゃりと叱り飛ばすと、ルピナスは羽をしゅんとさせていた。今は謝罪の場なわけだし、自分でもいけないことだとわかっているのにお菓子となると見境がなくなってしまうらしい。妖精や精霊の性ともいえる。

「楽しそうで羨ましいな。僕にも姿が見えたらいいのに。次はもう少し多めに持ってくるようにするよ」

「あの、すみません、お気になさらず……」

「気にしないで。最近は考えながら店を探すのが楽しいんだ。多分、アゼリアのことを考えているからだと思うんだけど」

さらりとなにかを言われた気がしてアゼリアは瞬いたが、あっさりとしすぎていて気の所為だったかもしれないと困惑した。

「恥ずかしいって、こういうことだと思うけど、今のはいいの？」

ルピナスが二人には聞こえないように、ぽそりと呟く。

「ああ、でもしばらくここには来られそうになくて……お菓子を持ってくるのは、少し先になりそうだ」

「なにかあるんですか？」

「少し、長期になりそうな任務があるんだよ。夜も外に出ることになりそうだから、準備に少し手間取っていて」

ディモルはなんてこともないような口調で話したが、アゼリアにはそれがどこか違和感があるように思えた。「だから、もし可能ならなんだけど」と、すぐさまディモルが言葉を続けたので、それ以上問いかけることができなかった。

「アゼリア。昼間のきみに、僕は会いたい」

覚悟もなにもできていなかった。

アゼリアは、ぎゅっと紅茶のカップを手で覆った。ルピナスが、心配そうにこちらを見ている。

「おじいさんとは、結局、会うことができなかったから……。日記ではなく、昼間に直接会って、記憶を繋げたい……」

「……」

きっと、ずっとそう思ってくれていたのだろう。けれどアゼリアができたことは苦しげに眉を寄せて、静かに息を繰り返すことだけだ。そして顔を伏せると、夜だけ変わる桃色の髪が、視界の中で揺れた。

夜になると髪の色が黒から桃色に変わってしまうこと。まだその理由を、アゼリアはディモルに伝えていない。その色を見ると、アゼリアは胃の腑がねじ切れそうな思いを得てしまう。

本当なら、こんなふうに彼と向き合う権利もないのに。

「わ、わたし、は……」

「ごめん、本当に無理にじゃない！」

アゼリアが絞り出すように声を出すとディモルは慌てて立ち上がって、震えるアゼリアに手を重ねた。

「本当に、無理にじゃない……。僕はこうして、きみと夜に出会うことができるだけでも、幸せだから」

ありがとう、と。

そう、お礼を言われた。

ディモルが帰り、ベッドの中に潜り込んで、アゼリアは自身の意気地のなさを嘆いた。

お礼なんて、自分に言われる価値などない。幼い頃から庭園にこもって、人を傷つけないことを祈った。それは優しい気持ちを眠らせていたわけではなく、ただ、怖いから。

自分が持つことができる責任なんてこれっぽっちで、一抱えもないほどだ。だから、どこまでも逃げ続けて生きてきた。それがアゼリアという少女だ。

さめざめと、誰かが泣いている声がした。もしかすると、自分が泣いているのだろうかと思ったが違った。多分夢の中なのだろう。真っ暗な空間の中、ぽつりと大粒の涙が落ちたような広い湖に立ち、見知らぬ女がはらはらと涙をこぼしている。

両手を顔で覆っているから、その女の顔は見えないが、アゼリアとよく似た髪色だった。

なぜだろうか、ルピナスが告げた昔の友人とは、彼女のような気がした。

アゼリアは、その女に話しかけてみることにした。

長期の任務があると話したディモルが、庭に来なくなって数日がたつ。その間にアゼリアができることといえば、もちろん庭師、いや影としての庭園の管理に他ならなかった。土の精霊の死後、アゼリアはさらに今まで以上に熱心に時間を費やし、庭園を美しく保とうと必死に日々を生きていた。黙々と作業をし続けるアゼリアを、ルピナスはどこか痛ましげに見つめていた。
そんなある日のことである。
ぐしゅぐしゅと鼻をすすっている金髪の少年が、わさわさ揺れるフェンネルの中で座り込み、瞳が溶けてしまいそうなほどに泣いていた。
夢の中の女にしろ……アゼリアにしろ。泣いている人を見かけることが多い気がする。

僕には泣き虫の知り合いが多いから、と話していたディモルの言葉を、ふと思い出してしまう。

　なんにせよ今日は水をかけてしまう前に気づくことができてよかったとアゼリアはひっそりと息をついた。泣き続ける少年を見て、困ったものねとアゼリアは思わずルピナスに目を向けたが、アゼリアの肩に止まっていたルピナスは、「最近アゼリアは無理をしているもの。ちょっとくらい休憩した方がいいんだから、いい機会よ」なんて、うそぶいている。

　頭の上では、大きな雲がゆっくりと風に流されてふわふわしていた。仕方ない。

「えっと。……なにか悲しいことでもあった？」

　アゼリアは少年の隣にそっと座り込んだ。ルピナスの言葉ではないが、さすがのアゼリアだって大粒の涙をこぼす年下の少年を相手にして、見ないふりなんてできなかった。お尻を泥だらけにして逃げていった姿は、今も目に焼き付いている。

　問いかけても、少年はやっぱり泣いていた。フェンネルの中に埋もれるように、小さな体をことさら小さくさせて、震えていた。

「風邪、ひかなかったかな」

　少年はアゼリアの瞳を見て恐れていたけれど、びしょ濡れのままに走り抜けていったから、少し気になっていた。

問いかけた言葉に、やっぱり返事はなかった。少年は、ただ膝の間に顔を置いて、ぐすぐすと鼻をならした。しょうがないから、アゼリアも彼に倣って、ぼんやりと言葉もなく前を見つめた。

わさわさ、わさわさ……。風が吹く度にフェンネルが波のように揺れて、風の流れがよくわかる。どれくらいの時間がたったのか、昼間の疲れも相まってうつらうつらと少しばかりアゼリアの頭が揺れ始めてしまったとき、ずずりと少年が大きな音を立てて、鼻水を吸い込んだ。はっとして、アゼリアは顔を上げた。

「あ、えっと……。ハンカチ、いる？」

少しの間の後、ゆっくりと少年は首を振った。

「……風邪は、ひいてないよ」

なんのことかと思ったが、アゼリアがした問いかけに対する返答だと気づいたのは、しばらくたってのことだ。

「そうなの。よかった。あのときは水をかけてしまってごめんね」

まさか水やりをしている中に、少年が交じっているなんて露ほども思っていなかった。ぶるぶると幾度も首を横に振る少年の姿は少し微笑ましかった。

「ぼ、ぼくが、こんなところに、いたから……」

さすがに自身でもおかしな場所にいるという認識はあったのだろう。ここは小屋の裏手の畑だ。庭師の住居と知る人間なら普通は近づこうなどと思わない。ディモルや、そして多分、バーベナもちょっと変わっているのだ。しかしこの名も知らぬ少年だってアゼリアに会って逃げ帰ったくらいなのに、よっぽどなにかの事情があるのだろう。と、考えていると少年は顔を上げて真っ直ぐに前を向きながら、やっぱり瞳を潤ませた。

涙腺の具合はもともと強くはないらしい。

「ここ、すごく、落ち着いて……」

「そ、そうなの」

アゼリアとしては別に好きなだけいてくれて構わないけれど。でももうちょっと別の場所を案内したいところでもある。しかし彼がこの場がいいと言うのなら仕方ない。大きな背丈の茎の間にいる小さな男の子は、傍から見ればすっかり姿が消えてしまう。

「……なんで、泣いてるの？」

聞いてもいいのだろうか。ディモルならばもっとうまく問いかけることができるかもしれないけれど、会話下手のアゼリアだ。端的に問いかけることしかできない自分が情けなくもあった。

（でも、こうして問いかけることができるようになっただけでも、ディモル様やバーベナ様たちと関わってきたおかげかもしれない……）

彼らの温かさを思い出しながら、少しでも少年に同じものを伝えることができるようにと願って、色んなことを考えた。

どうしたら、この子は安心するだろう。どうやったら……。

追いかけると、今すぐに少年はまた消えてしまいそうだったから、アゼリアは互いに目を合わせず膝に手を回して座り込み、そのまま前を見ることにした。

そして、そっと横目で窺ってもみる。少年は今まで十分に瞳が潤んでいたから、これ以上涙をこぼすことはなかった。きっと今まで瞳が溶けてしまうくらいにずっと泣いていたのだろう。

「ぼ、ぼく、嫌われてるから」

「嫌われている……？」

こんなに幼い少年なのに、一体誰を相手に悲しまなければならないのだろう。

誰に、ということは教えてくれなかったが、彼にも吐き出したい思いがあったのかもしれない。膝の間に顔を入れて、紡ぐようにぽつぽつと声を落とす。

「いきなりいなくなってしまったから、ずっと捜していたんだ。いなくなってしまったら、どうしようって。そしたら……本当にそうなってしまって」

きっとぼくがこんなだから嫌われてしまったのだと、最後にはやっぱり声を震わせて、ひんと泣いた。

「そっか。でも、こんなところに一人でいたら、ご両親が心配するんじゃないかな」

「お母さんは死んじゃったし、お父さんはずっと病気をしてるから」

どうやらとても難しい人生なようだ。アゼリアも両親を幼くして亡くしたが、だからこそ彼の気持ちがわかるとは到底言えなかった。悲しみは、きっとそれぞれなのだから。

それでも泣き続ける少年になにかを伝えたかった。ただ、少年の涙を少しぐらい減らしてあげたかった。泣いている人は苦手だと言っていたディモルの気持ちがすっかりアゼリアの中にも移ってしまったのかもしれない。

「でも、嫌いとはっきり言われたわけじゃないんだよね？」

確認をしてみると、少年は少しばかり考えて、こくりと頷いた。

「じゃあ、違うかもしれないよ。直接聞いてみないとわからないこともあるよ」

どうだろうか。ただの口から出たでまかせかもしれない。でも人にはたくさんの想いがあるから、それを全部言葉にすることなんてきっとない。

少年は、泣き出しそうな瞳はそのままだったけれど、こぼれる涙は少しだけ留まった。けれど、やっぱりすぐに泣いてしまった。自分の膝の間に顔を入れて、悲しくて、悲しくてたまらないというように、生い茂るフェンネルに隠れるように嗚咽をこぼした。

そのときアゼリアといえば、とても困ってしまっていた。誰がいるわけでもないのに、きょろりと視線をさまよわせる。いつの間にかふよふよと浮いているルピナスが、アゼリアを見下ろしている。ぱちん、とルピナスと目を合わせて、気まずくて、困って、両目を瞑って、あけて、そっと自身の片側に手を伸ばした。

よしよしと。

少年の金の頭を、ゆっくりとなでた。彼は嫌がりはしなかったけれど、それでなにかが変わったわけではない。アゼリアがなにかをしたかっただけだ。夢の中の女の頭も、アゼリアはこうしてなでてやった。女は、きょとんとしてアゼリアを見上げた。愛らしい顔をした菫色の瞳の女性だった。

少年の髪はふわふわしていて、まるで柔らかい小さな子犬をなでているような気分になってしまった。泣かないで、なんて言葉を言うことはできないけど、一緒にいることはできた。ざわざわとフェンネルたちが揺れて、アゼリアと少年を優しく影で包んでいた。

――その夜。

アゼリアは小屋の中でふと顔を上げた。

「……アゼリア？」

ルピナスに名を呼ばれて、しいと口元に人差し指を乗せる。

誰かが、近づいている。

窓にいくつもの小石が当たって、冷たい風が叫んでいる。ディモルでは、ない。

ルピナスに隠れているように告げると、彼女は怒っていたけれど、無理やり毛布にくるんで、アゼリアは扉をあけた。ひゅうひゅうと激しい風が音を立てた。

大きく木々が揺すぶられるような狂風の中で、ざくざくと近づく足音が響いているのは、こちらに自身の存在を知らせるためか。

月の形さえも曖昧なぼんやりとした月明かりの下、ぬっと赤い影がアゼリアの前に立った。整った顔つきだが、ひどく目つきが悪く、剣呑な雰囲気を醸し出す男。

「やあ嬢ちゃん」

青年の片手には長い剣が握られていた。むき出しの刃が夜闇の中で静かに光った。

久しぶりだなあ、と口の端を上げる青年を、アゼリアは知っている。

――ストック・メーヴル。赤髪に金の瞳の青年であり、ディモルの友人として、紹介された男である。

「だからあのとき、庭の中にすっこんどけって言っただろ？」

男はアゼリアを見て、笑った。

なぜ彼がこの場にいるのか。アゼリアはするりと目を細め、眼前を睨むように見つめる。だというのに、ストックはなんの警戒もなくざくざくと大きく歩幅を広げアゼリアに近づいた。そして、唐突にぴたりと歩を止めた。片手の物騒な剣は、相変わらずゆらゆらと揺れている。

ひょうひょうとひどい風が吹いていた。深く被ったアゼリアのフードでさえも吹き飛ばして、昼間とは違う色合いの、桃色の髪が躍るように飛び出した。それでもストックは驚く様子もなく、にまりと笑っていた。

まともな月明かりもない夜なのに、彼の金の瞳が爛々と輝いていることだけはわかる。

アゼリアは眉間にしわを寄せたまま、彼が持つ抜き身の剣をじっと見つめた。ローブの裾がひるがえって暴れている。

「ああ、これか？　そうだな。あんたは罪人らしいぞ。上の方々から、あんたを殺せとのお達しだ。忠告してやっただろう。庭の中にいておけと。それをほいほい街に出て、なんとまあ」

人の気持ちのわからんやつだな、とストックはため息をつきながら、後頭部をぐしゃぐしゃにかきあげた。一体、ストックは何者であるのか。

考えてもわかりはしないが、特に恐れる必要もなかった。アゼリアは無言のままに青年と向かい合った。男は、ざくりと剣を地面に突き刺した。その仕草を見て、首を傾げた。

そのときだ。

すぐさまストックは、隠し持ったナイフを幾本もアゼリアに投げつけた。あまりにも素早くて、アゼリアの瞳には捉えられない。ごう、と大きな風が響いた。雨まで降り出してしまいそうだ。ストックが投げたナイフは、たまたま吹き飛んできた木の枝に弾かれ、なんの意味もなく転がった。

「なるほど」

いち、にい、さん。

息つく間もなく、どこから取り出したのか、彼はぞっとするほどのスピードでナイフを投げた。が、それらはすべて偶然木々に阻まれ、アゼリアのもとに届くことはない。ぽたぽたと、とうとう雨が降り始めた。アゼリアは雨が嫌いだ。再度フードを被り、濡れた顔を片手で拭った。ストックの前髪が雨でへばりついた。地面に突き刺した剣を、彼は片手で垂直に持ち上げた。くるりと持ち手を反転させ、アゼリアを狙う。彼女は剣の軌道、すべてを避けきった。

まるで、普段の彼女の動きではなかった。重いスコップを引きずりながら必死に歩くような、年相応の少女らしさはどこにもない。しかし、これはすべてアゼリア自身が避けているわけではなかった。たまたま、足がふらついた。たまたま、ストックの剣の軌道が甘くなった。傍から見ればこれらは偶然の重なりだ。しかしアゼリアは理解している。

これは偶然などでは、決してない。

「恐ろしいやつだな」

足がふらついたのは、木の根に躓いたから。ストックの剣の軌道が甘く見えたのは、落ちた葉に阻まれたから。

ストックは口の端を噛むような仕草で笑った。

互いに距離をあけた。轟々と降る横殴りの雨の中、アゼリアの足元では多くの命が育っていく。凄まじい速さで様々な植物たちが生まれ、育ち、蛇のようにぬるりと動き彼女を囲った。アゼリアは片手を真っ直ぐに伸ばした。それはストックが剣を突き刺すように飛び出したと同時だ。

「くっそ……！」

幾本もの枝がストックを狙った。

「降参だ！」

ぴたりと、彼の首元に伸びた枝先がわずかに触れて、すべての動きは停止した。

バケツをひっくり返したような雨が次第に収まっていく。

すっかり剣を投げ捨てて両手を振り上げるストックを相手に、アゼリアはほんの少し微笑んだ。自身も片手を収めると、しゅるしゅると枝が引いてもとの姿に戻っていく。

「話には聞いてたんだがな。でも一応、自分でも確認したかっただけだ。わかった、認める。理解した。あんたはこの庭じゃ最強だ」

ストックはため息をついて、濡れた髪をかきあげた。真っ赤な髪から雫が滴り、互いに服もびしゃびしゃだ。

「わかっています。あなたには悪意がありませんでした」

すべて、庭が教えてくれた。武器を持っている人間が来る。自分たちが守るけれども、彼は悪い者ではないのだと。バーベナがやってきたときは、ルピナスに邪魔をされてわからなかっただけだ。

　この庭にいる限り、アゼリアに危険などありはしない。

　以前、アゼリアはディモルに説明したことがある。

「あんたを殺せと言われたのは本当だよ。罪状は忘れた。どうせあんたも覚えがないものだ。だから言ったんだよ。庭にすっこんどけってな。あんたは、この庭にいることが一番安全だからな。……以前から、王家の権威の象徴である庭を汚すために庭師を排除しようとする動きはあった。それが今は止めるやつがいない。歯止めがきいてねぇんだ」

　土の精霊の死が関わっていることは、一目瞭然である。庭園を燃やすことを指示した貴族と、ストックに命令した者は近しい立場であるのだろう。もしくは、同じ人間か。

　なんにせよ、アゼリアの力を知る人間はほんの一握りだ。一体、なぜ彼が知っているのか。彼は何者なのか。疑問ばかりがつきない。

　そんなアゼリアを見て、「まあまあ」とストックは目つきが悪いくせに案外人好きのする笑みを浮かべた。

「改めての自己紹介だ。俺の名前は、ストック・メーヴル。一応ディモルの友人だ。騎士の中でも一番の下っ端で、最近の仕事といえば厩舎掃除に馬の面倒、あとは、あんたの暗殺命令かな」

敵ではないので、まあ安心してくれや、と彼は親指と人差し指で丸を作った。それから、にかりと笑った。どうにも掴みづらい青年だった。

まさかびしょ濡れのまま話を続けるわけにもいかず、小屋の扉をあけるとルピナスが激突した。騒いで喚いて、ストックに向かいぴゃあぴゃあ泣く彼女を収めるのは一苦労だった。ストックには新しいタオルを投げて、アゼリア自身もまともな格好に着替え、テーブルの上にはランプを灯した。外では、しとしとと小雨が降り続けている。

先程までの豪雨が嘘のようだった。

「一応、繰り返して説明する。俺はあんたの事情については、ちょっとした伝手から多分ほとんどのことを知っている」

「ちょっとした伝手とは、誰のことですか?」

「それは秘密だ」

こちらのことが筒抜けなのに、あちらのことはわからない。少し理不尽なような気がしたが、言う気がないであろうことはわかったので、問いかけることはすぐに諦めた。

「ほとんど知っている、というのは?」

代わりに聞いたこれには、返答までにわずかな間があいた。その間に、妙な居心地の悪さを感じてしまったときだ。

「あんたたち庭師が、人間じゃないってこととか」

ストックのために準備をした紅茶のポットが、アゼリアの手から滑り落ちてしまいそうになった。

「いや、正確にいうと違うな。混じり者なんだろう？　精霊と、人との間にできた子どもの子孫のうち、精霊の特徴が色濃く残った者たち。先祖返りってやつだ。……あの花畑を育てられることがなによりの証拠だ。雪の中で咲く、一晩で散ってしまう花は魔力で育つ。そんなものが、人に育てられるわけがない」

それはアゼリアが庭師であることの証明の場所なのだとディモルに伝えた花園のことだ。雪の花だとディモルは笑い、美しいと彼は告げた。けれども決して、それだけの場所ではなかった。ディモルにあの場所を案内したことは、アゼリアにとって多大な勇気が必要だった。

なぜなら、自身が人ではないことを、言葉の代わりに彼にそっと告げていたから。

ディモルがわかるわけがない。そんなことは理解している。けれど正直に伝えることができないのなら、せめて誠実でありたかった。自然と、アゼリアの指が震えた。雨粒はすっかり拭き取ったはずなのに、濡れた体が寒いのかと錯覚するほど、体全体が震えている。たまらず、ポットをテーブルに置くと、かしゃんと音が立った。

「あ、アゼリア……」

自身の片手を押さえながら必死に震えを収めているアゼリアを、ルピナスが気遣わしげに見つめている。庭師の職につく者たちが人ではないということは、土の精霊から聞き及んでいた。そうでなければこの広大な庭園を一人や二人で管理できるわけがない。

しかし、アゼリアはさらにその中でも特別だった。特別、人間離れしていた。夜になると髪の色が変わってしまうことなど序の口であり、人はアゼリアの瞳を恐れる。

そして植物の声を聞き、意のままに操ることができる。植物たちも、アゼリアを守ってくれる。……こんな人間離れした力は、先代にはなかったものだ。もちろんそれは土の精霊の力が根強いこの庭園の中だけの話で、街に出るとアゼリアはただの無力な少女となってしまうのだが。

「人ではないから、街に馴染むことができず、爪弾きにあってしまう。先代の庭師には会ったことはないが、同じような事情だったんだろう。そんなあんたたちのことを、土の精霊は理解していた」

アゼリアが初めて土の精霊と出会ったとき彼女はぼろぼろの姿だった。

どこもかしこも怪我をしていて、今にもくずおれてしまいそうだった。それでも、生きる希望だけはあった。土の精霊は、庭師としての生き方をアゼリアに与えてくれた。

「人ではないということは、誰でも知っているわけじゃない。でも、だいたいのやつらはわかるんだろうな。理屈じゃない。わかるとしか言いようがない。あんたたちを自分たちとは別の、異物だと心が認識する。特に貴族――精霊つきはその辺りは敏感だ。知っていれば大したことのない話なのに、知らないものだから違和感を得て、ただ視界からそらそうとする。下手をすると、蔑むような扱いをする」

『あのときの、いいえ、今までのわたくしはとてもおかしかったの。あなたのことを人ではないように……そう、もっと別のなにかのような……』

　これはバーベナの言葉だ。

　人ではない、人以下の扱い。そのことに対して、不満を抱いたことはない。むしろそうしてくれる方が楽だった。与えられた役目を粛々とこなしていれば楽だから。

　でも、今は少し違うような気がした。

「……あなたが、おっしゃる通りこちらの事情を理解していることはわかりました。ではなぜ、あなたは私のことを気にかけていらっしゃるのですか」

　わざわざ忠告までしに来るほどだ。そうとしか言いようがない。

「秘密だって言っただろう。なんせ俺個人に関わることだから」

　しかしぴしゃりと門戸を閉ざされてしまった。仕方がない、とアゼリアはため息をつく。

「それで、ストック様は、私の命を狙っているのですか？」

「い、命!?　むぎゅ」

剣呑なアゼリアの言葉にまたルピナスが暴れ始めたが、ややこしくなるのでむぎゅりと両手で妖精の口を押さえてしまった。申し訳ないけれど、今は話を先に進めたい。

彼が言う通りに、アゼリアはこの庭にいる限り、誰にも傷つけられることはない。彼に悪意がないこともわかっているからそもそもなんの恐怖もないわけだが、「ストックでいいさ。様なんて柄じゃない」とストックは首を振っていまだに滴る水をタオルで拭っている。

「庭園の庭師を殺せとたしかに言われてはいる。面倒な罪人だから内密にとのことだ。でもそれを、こんな下っ端の兵士に言うんだぜ？　終わった後で俺ごと処分をするってのは目に見えてるさ」

ストックが事情通なことと、彼が命令されたこととは、また別の話らしい。

「あんたが殺される理由はさっきも言った通り、一部の貴族の方々のご判断だよ。土の精霊が消えた今を見計らって、王家の実権を横からかすめ取ろうとしている。庭師を消してしまえば、荒れ放題の庭が残る。王家の失墜への第一歩だ」

影だと蔑んでいるくせに、あんたたちを重要なものだと理解しているんだよ、とおかしげにストックは笑った。

「知らないんだよ。あんたがどれほど力を持っているのか。あんたたち庭師は、本当はもっと地位があって、大事にされてもいいはずだ。なのに一番の問題は、あんたたちがそれを望んではいないってことだ」

世捨て人のような生き方だと、アゼリアも先代に対して考えたことはある。アゼリアは、自分自身に対してはまったく価値を見出すことはできないが、先代は違った。彼は立派な庭師だった。アゼリアに、お前は影になることはできないと幾度も短く言葉を告げた理由がわかるほどに。

先代はアゼリアのように、目に見えるような特殊な力などなかった。それでも、いつまでたっても、アゼリアは彼に追いつくことなどできやしないと思っている。

「庭師に対してのお話は結構です。私たちの生き方は、私たちが決めることとです」

いつの間にかすっかり体の震えは収まっていた。がちゃんっ、と音を立てて、ストックの前にティーセットを置く。

このとき強く射抜くような声が湧き出たことに、アゼリア自身も意外だった。

もしかすると、先代をけなされてしまったように感じたのかもしれない。

「まあ、その通りか」

が、ストックはあっさりと納得してアゼリアが出した紅茶を飲んだ。「おお、うまいな」「ただのフルーツティーです」と思わず素っ気なく答えてしまう。とにかく、とストックは話を戻した。

「今、この国は精霊に守られてはいない。あるのはただ土の精霊の残滓だけだ。長く守られた王家の歴史で、これは初めてのことだ。それこそ多くの貴族たちが色めき立つのは仕方がない。幼い王太子殿下を亡き者にして、自身が政権を握ろうと考える者もいる」

「まさか！　王太子殿下を⁉」

「そのまさかだ。今その中心となっている派閥の主は中々に厄介でな」

苦虫を嚙み潰すように話すストックの姿を見て、そのときなにかがアゼリアの記憶の端に触れた。苛立ったように話す少女の姿と重なり過った。

「オットーブレ家……？」

「なんだ、知っているのか？」

「いえその」

セプタンス家の分家であるオットーブレ家が、怪しい動きをしているというのはバーベナが言っていたことだ。庭園を燃やそうとしていた者も、オットーブレ家の手の内に違いないとも。バーベナの家の分家というのなら、ある程度立場も権力もあるのではと思っての発言だったのだが、あながち間違いではなかったらしい。

「あんたを殺せと告げたのは、そいつらだよ。庭の中にいりゃ問題ないと聞いてはいたが、違うなら逃がしてやろうと考えていた。無駄な心配だったな」

たしかにストックの剣先には殺意がなく、決定的にアゼリアの急所を狙うものもなかったが随分乱暴なたしかめ方だった。案外、彼は大雑把な性格なのかもしれない。

国が、揺れていた。

あると信じられていた柱が、静かに、静かに崩れ落ちていく音が聞こえる。

「これから……この国は一体どうなるんですか」

「そりゃあ、新しい土の精霊が生まれるまで混乱は続くだろう」

精霊は自身の死を意識したとき、新しい精霊を生み出す。幼い精霊にすべてを委ねるのだ。

ソップがセプタンス家に新しく生まれ、バーベナを守っているように。新たな精霊が生まれるためには儀式の場が必要だ。ただしそれが王家となると様々な制約が生まれるだろう。

「なんにせよ、嬢ちゃんはしばらくの間、庭の外には出るなよ。新しい土の精霊さえ生まれれば、貴族たちも静かになるはずだ。儀式は次の新月の夜だ。それまではここで大人しくしとけ。忠告はしたぞ」

「待ってください！　儀式をするとなれば、新月の夜に精霊の地に行くんですよね？　土の精霊様が亡くなってしまった今、街の外の守りすらもすでに消えているはずです！」

気づいた事実にアゼリアは慌てて顔を上げた。もちろんストックと目を合わせぬようにと気をつけてはいるが、ひどく気持ちは焦るばかりだ。

精霊の加護を持つ血族が精霊の地と呼ばれる森に足を運び、新たな絆を願う。それが精霊を生む儀式だ。

この庭園を中心にして、土の精霊の力は少しずつ街に染み込んでいる。以前のような力強さはすでに感じはしないが、それでもまだ、彼の力の残滓はある。しかし街の外に出ればどうだろう。

守りもなく外に出るなど、まるで襲ってくれといわんばかりではないか。

「……王は病弱だ。部屋から出ることも叶わない。ならばかの地に赴く者は、王太子殿下となるだろうな」

「そ、それなら」

「ディモルには言うなよ。だいたい、言わずともあいつも理解している」

言うなと言われたところで、長期の任務があるからと伝えられた後は、準備のためかここ最近彼は姿を見せていない。唐突に、アゼリアは胸の内を力強く摑まれたように感じた。今更ながらに、気づいたのだ。

ディモルは王太子付きの護衛なのだから、彼の危険は、アゼリアの比ですらない。

状況によっては、下手をすると王太子以上に危険がつきまとう。その場に、彼は立ち向かおうとしている。ディモルが話した長期の任務がなんのことか、わからぬほどアゼリアは鈍くはなれない。

やんだと思っていたはずの雨がいつの間にかまた激しく降り始め、小屋の屋根と窓を叩いていた。

「わ、私に、なにか、できることは……」

アゼリアの中で、不安ばかりが膨れ上がった。

ざあざあと、重く響く雨の音がまるで悪い夢の中にいるようで、立っている感覚すらもおぼつかない。

ぐらぐらと、世界が揺れている。

「なにも」

ストックは、短く返答した。

「あんたにできることは、なにもない。放ってりゃふらふらと庭の外に出るからな。今後は俺以外にも嬢ちゃんの命を狙う者も出てくるだろう。そうなる前にと伝えただけだ。なにをしてほしいわけじゃない」

アゼリアは、強く目を瞑った。

尋ねたところで、自分になにができるわけでもないとわかっていた。

このどうにもならないような曖昧な感情は、先代が静かに息を引き取ったときと同じものだった。先代はアゼリアに短くいくつかの言葉を伝え、その後、閉じた瞳をあけることは決してなかった。たとえなにかを必死に握りしめようとしても、開いた手のひらには溶けた雪のように、いつも冷たい水の残滓しか残らない。

不思議なことにストックが帰ってしまった後、あれほど強く降っていた雨はやみ、雲の隙間から月の形を見せていた。

すでに月は指の爪の先ほどの大きさのように見えている。あと数日のうちに、儀式の日となってしまうのだろう。

「儀式は、新月の夜……」

次にディモルがこの小屋に来るときには、きっとすべてが終わっている。いや、そもそも。恐ろしい想像ばかりがアゼリアの胸の中を駆け抜けていく。

本当に、もう一度、彼はここに来てくれるのだろうかと。

――おじいさんとは、結局、会うことができなかったから……。日記ではなく、昼間に直接会って、記憶を繋げたい……。

昼間に会いたいと告げる彼に、勇気を持って頷くことができなかった。でも、いつの日かと心の底で思っていたことは否定しない。そんな日が、本当に来るのだろうか。

アゼリアは無力だ。庭園から一歩外に出ればただの少女で、土の精霊の力があってこそ植物を自由に操ることができるだけの、愚かな影だ。

アゼリアはふらつくように小屋に戻り、翌日の朝日を見ると同時に、闇色に染まった髪の色を確認し、自身が人でないことを毎朝思い知る。

眉間に深くしわを刻みながら、アゼリアは固く拳を握った。日々の庭の手入れを行う最中、ルピナスは無言のまま彼女に付き従った。どうしたんだと、庭の木々や、花たちがアゼリアに話しかける。

幼い頃からそうだった。

アゼリアには、不思議な力があった。力とはいっても、庭園の中のように自在に植物たちを動かせるわけではない。ただ、小さな声が聞こえるのだ。もっと水がほしい、だとか、ここがちょっとかゆいから引っ掻いてくれないかな、だとか。

アゼリアは街ではなく、遠い森の中で育った。彼らの言う通りに世話をすると、ぐんぐん大きく、ぴかぴかに育ったので、両親は驚いていた。ときおりアゼリアのような子どもが生まれる血筋だったから、さして疑問に思われることもなかった。ただ平和に暮らしていた。そのときは自身が精霊の血を強く引く先祖返りなどと知る由もなかったから。

けれど平和は長く続かなかった。

一日、二日とただただ時間ばかりが無為に過ぎ、とうとう、儀式の日となってしまった。儀式が始まる前の、新たな魔力を含んだ濃い土の匂いがいつしか漂い、嫌でもストックの話の信ぴょう性が増していく。

平和なんて形のないものは、あっけなく崩れ落ちてしまうことをアゼリアは嫌というほど理解していた。

けれどなにもしなくていいと言われた。その通りなんだろう。庭の中ならまだしも、街の外に飛び出していくだなんて無謀にもほどがある。いつの間にか、庭園の中でアゼリアは強く目を瞑っていた。そしてその場から動くことができなくなっていた。

(……このまま、動くことができなかったと、そんな理由があればきっと楽だ。

足が痛いから。体が痛いから。想像すると、本当のような気がしてくる。アゼリアはただの庭師だ。影が意思など持つわけがない。

そうして動けなくなったアゼリアに、たくさんの木々が声をかけた。どうしたの？　大丈夫？　辛いなら小屋に行こうよ。そして寝たらまた明日が来るさ、なんて。とても素敵な提案だった。

いつの間にか赤々とした夕日がとろけ落ちて、森の中に食べられていく。顔を上げて、ほっとした。これでもう、考えなくてもいいのだと。諦めてもいいのだと。夜が近づいてくる。夜と、夕の空が入り混じり、小さな星がかすかにきらめいた。

きっかけは、ただそれだけ。

『綺麗だなぁ』

いつもいつも、ディモルは夜空を見上げてそう呟いた。

まるで初めてその目で見るかのように、じっと夜を瞳に焼き付けていた。

『僕らは友人になろう』

『うん、これもすごく美味しい！』

『な、なにか僕はおかしなことをしたんだろうか……？』

そんな彼の姿を、アゼリアもずっと見ていた。菫色の瞳に黄昏の空を映し、重ねた思い出が、はらはらと降りしきる雪のようにゆっくりと通り過ぎていく。

『泣きやんでくれて、よかった』

困ったように、青年は笑っていた。

人に言われるまま、求められる姿のままに生きていけば、楽だった。だって、なにも考えずにすむ。

──嫌です。

けれど、アゼリアはもう知ってしまっていた。バーベナに立場を譲れと言われたときに、真っ直ぐに前を向いて抵抗してしまった。

「ルピナス、私……」

暗く沈んだ空は、静かで、ひどく冷えた。

いつしか、その場は夜に染まっていた。

「あのね」

幾度も言いかけて、最後まで言葉を出すことができない。けれど。

「わかってるわ。行きましょう」

小さな手のひらがアゼリアの指をなでたとき、わけもわからずアゼリアは涙をこぼしそうになった。けれどもすぐさま唇を引きしめ、手の甲で目尻を拭って立ち上がる。そして駆けた。

庭園から一歩外に出ようとしたとき、アゼリアは思わず立ち止まった。街に茶葉を卸しに行くためだけに出るのとはわけが違う。ぞくりとする恐ろしさに唾を呑み込み、すっかり体はすくみあがっていた。荒い息で肩を動かし、目を瞑る。けれど、ルピナスがいた。

本当に、とても小さな手のひらなのに、アゼリアにとってなによりも心強く、指を握ってくれた。気づけば、あっという間に外に飛び出していた。


——人は、誰しもが、隠しごとを持っている。


ディモルは、夜の記憶をなくしてしまうこと。

バーベナは、自身の本当の性格を。

ストックは、それこそ秘密だらけだ。
ルピナスだって、アゼリアに言えぬことはいくらでもある。
そして、アゼリアは。
アゼリアは、ディモルに命を救われた。
それこそ、あの庭で出会ったときよりも、ずっと昔のこと。

少女と妖精が、ただ夜の街を駆け抜けた。
大きく足を踏み出して、息を切らしながら真っ直ぐに。
桃色の長い髪が暗闇の中で揺れて、小さくなって消えていく。

そのときバーベナは自室にて小説のページをめくっている最中だった。
こつりと窓になにかが当たった音がした。一度は顔を上げたものの、気の所為かとまた手元に視線を向けた。けれども、こつこつと何度も当たるものだから、「一体なんなの!?」と、苛立って思いっきりカーテンをあけたところ、絹を裂くような悲鳴を上げた。
「すみません、本当にすみませんバーベナ様……」

「あ、アゼリア!? ちょっと、ど、どこにいますの！」

「本当にごめんなさい……ここをあけてくれませんか……」

なんとアゼリアがへっぴり腰で木の幹に抱きついて、二階のバーベナの部屋の窓をノックしていた。

「なにしてるのよ、信じられませんわ、本当になにをしてるのよ……！」

これ以上出した悲鳴から誰かが来てはたまらないとバーベナは必死に口をつぐんで、即座に「ソップ！」と小声で叫ぶ。

「あいさ！」

呼ばれた精霊がぱちんっ！ と指を打つと、勝手に開いた窓からアゼリアを風で押し上げて柔らかく床の上に移動させる。

その場にいた全員が、はあ、と安堵の息をついていた。

「じゃなくて！」

キビキビと動くのはいつだってバーベナである。

「一体どうやって？ 違うわ。なんでこんなことをしたの？ 落ちたらどうなるとか、考えもしなかったのかしら!?」

そしてとても怒っている。

庭園の外に出たアゼリアはただの無力な少女だが、少しばかりの願いごとなら、植物たちは応えてくれることもある。例えばどこに足を乗せれば登りやすいのかアドバイスをくれたり、人がいない場所はどこなのか教えてくれたり。そんなふうにアゼリアは慎重に足を運び、バーベナの部屋を探し、なんとかたどり着いたというわけだ。

「あ、あの、私……」

人と目を合わせることができないから、肝心なところでおどおどしてしまうのはアゼリアの悪い癖だ。が、ルピナスが必死にアゼリアの背中を両手でぺしぺし叩いてくれたからはっとして、バーベナと目を合わせぬように、けれども強い口調で声を出した。

「お願いです、助けてほしいことがあるんです」

一体なんのことだとソップとバーベナは目を合わせたが、アゼリアはすぐにストックから語られたことを彼女らに話した。事情通な二人である。さして意外なことでもないらしく、「まあ、あいつらならしでかしそうなことよね」と頬に手を当ててため息をついていた。王家の転覆を狙うオットーブレ家とセプタンス家は因縁の仲である。

「それで、助けるって、具体的にはどういうことかしら？」

「ディモル様のところに行きたいんです。ソップは人捜しが得意なのだとルピナスから聞きました。だから、だからバーベナ様たちなら、わかるかと思って……」

考えてみるとなんと愚かなことだろう。なんの計画性もなく、転がり込むように夜中に押しかけるなど迷惑な話だと気づき、アゼリアの顔が次第に赤くなってしまう。ソップとバーベナはちらりと二人で顔を見合わせた。どうしたものか、と視線が語っている。アゼリアは自身が不思議な力を持つことも伝えはしたが、それは庭園の中だけの話だとも説明していた。

「行って、どうすると言いますの?」

そこから湧き出てくるのは単純な疑問だろう。バーベナは寝間着のまま椅子に座り、足を組んで問いかけた。なんの力もない少女一人きりが行ったところで、どんな意味があるのか。危険を承知しているのならなおさらだ。

アゼリアは吐き捨てるように告げた。

「この体を盾にすることぐらいならできるわ」

このときバーベナはなんておざなりな言葉なのだろう、とアゼリアを見て呆れた。けれどよくよく見れば、アゼリアはおそらく本気で言っている。そんなことさせやしないわ、と叫ぶルピナスの声はバーベナに聞こえはしないが、ひどくバーベナは驚いた。そうした後でおかしそうに笑った。

「別になにかの審査をしたわけじゃありませんわよ。ただ不思議に感じたものですから。いいわ、たまには深夜のお散歩といこうじゃない。わたくしだって、オットーブレのやつらにこれ以上でかい顔をさせるわけにはいきませんもの。ソップ!」

バーベナが指を鳴らして合図をすると、あいさ! と少年は両手を開いた。

「おいらはきれい好きだからね。汚いやつらを蹴落とす嫌がらせは大好きだぞ！　まあ、たまにはただの悪さもするけどね。さてさて、おおい、風の子たち！」

ソップが人差し指をぴんと立てると、部屋の中だというのに彼を中心にして、ひゅんひゅんと旋風が集まってくる。ルピナスが、ひゃあと声を上げて、目を回していた。彼女には集まった妖精たちの姿が見えるのだろう。

アゼリアにもわかる。瞳に映らなくても、きゃあきゃあと楽しげに笑う風の妖精たちの姿がその場にあった。

「みんな、散らばれ！　街中の噂話を集めてきな！」

ソップはくるくると人差し指を回した。それっ、と声をかけて腕を伸ばすと、あけ放たれた窓のカーテンが大きく揺れた。

いつの間にか腰を抜かしたアゼリアを見下ろし、ソップはにまりと笑っている。

「煙突でもなんでも、隙間があれば風はどこにでも入っていけるからな。今のプランタヴィエ王国はぎすぎすして、隙だらけだ。すぐに噂の端っこを見つけてやるぞ。お嬢様方、期待しとけ！」

「ほ、本当にこっちでいいのかしら？」

「大丈夫です、バーベナ様。人はいないって木々が教えてくれていますから」

「おっけー、おっけー。風の子たちも騒いでる。間違いないぞ」

「念の為に私が先に行ってくるわ。私の姿は誰にも見えないからね！」

ひゅん、とルピナスが四枚羽を動かして消えていく。そのまま息をひそめて待っているとルピナスからの合図代わりの蛍のような光がくるくると動いているのが見えた。事前に打ち合わせていた、問題ないことを伝える動きである。即座にアゼリアたちは兵士の見張りをかいくぐって、飛び込んだ。

「うわ、なんだ⁉」

が、崩れ落ちるように入り口でもつれ倒れたアゼリアたちに驚いて、赤髪の男――ストックが悲鳴を上げた。同調するように足を動かし暴れる馬の手綱を男は必死に引っ張り、押さえ込んでいる。同時に、自身の前に飛び出した少女たちを確認し、目を丸めてあんぐりと口をあけていた。

「お前、アゼリア⁉」

そしてなんとか馬も落ち着いた頃にゆっくりと視線を移動させ、

「……と、あんた、誰だ？」

「バーベナ・セプタンス！　公爵家をご存じないのね、お馬鹿さん！」

あんたなどと口にされることは滅多にないから、うっかり本音を吐き出してしまったバーベナだったが、こほん、と咳払いをした後に静かに立ち上がりお上品にスカートから汚れをはたき落とした。「お、おばかさん？」とストックは口元を引きつらせているが、そんなことよりとすぐに表情を難しくさせて小さく首を横に振っている。

「庭の中にいておけと言っといただろ。なんでまたこんなところに」

「それは……」

アゼリアがソップに案内されたのは騎士団の厩舎だった。

ディモルたちの居場所を知りたくても彼は王太子とともに街を離れてしまっており、ソップの力が及ぶ範囲にも限界がある。ならばと次に捜したのがこの場所だ。ストックとディモルは、似合わない友人だと有名らしい。噂を手繰り寄せるのは簡単な作業だったとソップはふふんと胸をはっていた。

「ストック様！　いえ、その……ストックさん！」

様付けなど堅苦しいと断られたことをはたと思い出したのだが、どう見てもアゼリアよりも彼の方が年上だ。まさか呼び捨てにするわけにもいかない、とアゼリアは瞬時に苦しみ、敬称を変えた。

「お、おう」

改まったアゼリアの声に、彼も気圧されたように見合った。しかし瞳を見られてはたまらないから、アゼリアが慌ててフードを被ったのは許してほしい。

「私も、ディモル様、いえ、王太子殿下のところまで、行きます。いえ、行かせてください！」

アゼリアとしてみれば決死の言葉であったが、ストックはつり上がった目を、さらにぐっとつり上げた。怒っているのかと思ったが、どうやら困惑しているらしく、「王太子殿下のところにだと？」と訝しげな声を出している。

「あのな。なにを勘違いしているか知らんが、俺はただ馬の世話を押し付けられただけだ。そもそもそんなところには行かねえし、言われたところで困るだけだな」

黒馬の頭をなでながら、呆れたようにストックはため息をついたが、「いいえ」とアゼリアはすぐさま首を横に振った。

「あなたは王太子殿下のもとへ行くはずです。庭師のこと、そして、私のこと。ストックさんは様々なことをご存じでしたが、それほどのことを知っている者など、それこそ国王陛下であってもありえません。私たち庭師は土の精霊様の直属です。あなたがお話しされたことは先代亡き今、私と土の精霊様しか知り得ないことです」

その精霊も、すでに死んでしまっているのだが。

「……その先代から聞いたことだ」

「この間お会いしたときは、先代とは会ったことがない、と言っていらっしゃいました」

自身の言葉を思い返し、ストックは舌打ちした。

喋りすぎた、と後悔している様子だ。その姿を見て確信した。

アゼリアはにっこりと微笑んだ。

「ならば、あなたに事実を告げたのは誰なのか。もちろん土の精霊様に他なりません。精霊は死を予感します。自身が亡くなることがわかっていたのなら、土の精霊様がこの事態を予想していないわけがない。あなたはあの方から王太子殿下を守るように告げられていますね」

これはただのアゼリアの予想だ。

しかし土の精霊は優しい人だった。精霊であるのに、アゼリアよりも人らしく、儚く、優しい男だった。そんな彼がすべてを投げ出して、ただ死を享受するとはアゼリアには思えなかった。

ストックはなにも言わない。ただ目を細めた。

「……で、それでなんだってんだ。あんたが来て、なにか意味があるとでも？」

バーベナに言った台詞に嘘はない。なにがあろうとも、一度きりくらいなら身を挺してディモルを守ることができるだろう。でも、ここまで来る間に気がついたことがある。

「土の精霊様があなたに王太子殿下を守るように告げたのなら、守りも渡しているはず。それならば、私もなんらかの力になれるはずです」

アゼリアと土の精霊は、ひどく相性がいい。なぜなら、すべての命は土に宿る。土台があってこそ、植物の力は発揮する。

アゼリアが庭園でのみ自在に力を操れる理由がそれだ。

「……おっしゃる通りではあるが」

ストックは首元から、紐でつり下げた小さな袋をするすると取り出した。

それをじっと見つめた後で、そっと握りしめて告げる。

「俺には理由がある。でもあんたにはなにもない。どうしてそこまでするんだよ」

「理由がなければなにもしてはいけないというの？　頭が固い、いいえ、その赤髪、さぞ元気に燃え上がっているのね！」

「そうだぞお嬢様、言っちゃえ言っちゃえ！」

「バーベナ様、ソップさん。少し静かにしてくださいませんか」

アゼリアの背後では二人がわっしょいわっしょいと両手を突き出しながらエールを送っているが、なんだかややこしくなってくるのでさすがに少し注意した。アゼリアだって言うべきときはちゃんと言う。いや、言えるようになってきた。

その間、ストックはぽりぽりと頭をかいていた。

「いや、そこのお嬢様の言う通りだな。あんたが覚悟を決めてるってのに、俺が文句をつけるのはおかしな話だ」

いいさ、と笑って、即座に黒馬に鞍を取り付ける。

「殿下も、ディモルも、とっくに精霊の森に向かっている。俺はこいつで追いかけるつもりだった。だてに仕事は押し付けられてないぜ。気性は荒いが足の速さは一番だ。ちんたら遅い馬車なんて目じゃねえさ」

一人増えたところで、なんの問題もねえよ、とストックはアゼリアを引っ張り上げた。もちろんルピナスも羽を広げてアゼリアの服に潜り込んでいた。

「ごめんなさい、バーベナ様、ソップさん！　ここで別れてしまうけれど！」

こんな夜中に二人にさせてしまうことになる。無理やり連れてきたのはアゼリアだ。申し訳なく眉をしょげさせたところ、「あらまあ！」とバーベナは口元に手を当てている。

「なんの問題もありませんわ。こっちは夜のお散歩を楽しむことにします。なにかあっても、ソップの風でひゅんっと飛ばしてあげるだけだし」

「たまにはおいらだって仕事するぞ。でも家に帰ったらドーナツを食べるぞ」

もぐもぐするぞっ！　と両手を広げる精霊を、はいはい、とバーベナが頭をなでてやる。

いいコンビだ。「それじゃあ！」とアゼリアとストックは厩舎から飛び出した。

馬に乗るなんてアゼリアにとって初めてのことだ。頰を叩くように冷たい風が通り過ぎて、ときおり跳ねる振動に誤って舌を嚙んでしまいそうだ。手綱を握っているのはストックで、アゼリアは彼の腰を必死に摑んだ。アゼリアたちの姿を目にした兵士が咎めようと駆け寄るが、そんなものはお構いなしに馬は跳ねて闇の中に消えていく。

見覚えのある風景など、すぐに消えてしまった。

街の外に出ると、本領発揮とばかりに馬は土の斜面を力強く駆けていく。そして街から飛び出た途端にアゼリアは土の精霊の死を改めて理解した。あんなに暖かく街を囲んでいた守りが、すっかり薄れてしまっている。唇を嚙みしめるようにぐっとなにかを吞み込み、アゼリアは俯いた。

すると月のない夜道でも、不思議なことにところどころが明るく輝いていた。苔だ。魔力を含んだ苔が少しずつばらまかれているのだ。夜でも大勢が歩けるようにするための儀式の一環なのだろうが、アゼリアたちが追いかけやすい反面、追っ手からもわかりやすい。

思わずそっと顔をしかめたとき、「なあ、あんた」と、声をかけられた。

「さっきは、あんたには理由もなにもないとは言ったけれど、本当なのか？　まあ別に、なんでもいいんだけどさ。ただの興味本位なんだが」

どうしてここまでするのだと聞かれていることはすぐにわかった。

アゼリアの重苦しいローブがばさばさと風を含んで膨れていた。いまだ冬の風は冷たく、吐き出す息は白く、煙のようにするりとアゼリアを置き去りにして逃げていく。

「……私は、ディモル様に命を助けられたことがあります」

あのとき伸ばされた手のひらを、今もよく覚えている。

バケツをひっくり返したような雨の中だった。真っ暗で、なにも見えなくて、アゼリアは、まるで夜のような場所にいた。

「命を助けられたから、その命で返すのか。たいそうな理由だな。助けられた命なら、大事に守って引っ込んでおいた方がいいと俺は思うけどね」

ストックの言いたいことは、理解できる。

けれど。

「違います。ディモル様にとったら、忘れてしまうような小さなことですから」

アゼリアが、彼のもとに向かっているのは、決して過去の恩からではない。

ディモルが、ディモルであるから。アゼリアにとって、夜の中で、きらきらと光る彼だから向かっている。

「本当は、あなたの言う通りに、きちんとした理由なんてないのかもしれません」

忘れられない出会いはある。それこそ、忘れられない言葉も。

――大切な人に告げられた言葉は、いつまでたっても忘れません。私にも、そんな言葉があります。

ディモルにとってのそれは、先代との出会いであり、日記に書かれた文字のこと。

アゼリアにとっての忘れられない出会いは、アゼリアが庭師となる前のことだ。

ひどい雨だった。苦しかった。そのときに出会った幼い少年の顔を、アゼリアはこれから先、ずっと忘れることはない。

アゼリアの菫色の瞳は生まれつきのものではない。幼い頃はただの黒い髪の色で、瞳の色も同じ墨のような黒色をしていたし、夜になっても髪の色が変わることもなかった。昔は、誰と目を合わせても怖がらせることもなかった。それがある日のことだ。朝、目が覚めると瞳の色が変わっていた。

アゼリアの血筋にはときおり不思議な子どもが生まれるのだという。驚いた両親は土の精霊様の力をお借りしようと提案した。不安に思いながらも家族で慌てて馬車に乗り込み、一刻も早くと王都までの長い道のりを歩んだ。もう少しでたどり着くと思った、そんなときだ。

ひどい雨が降っていた。そこで少し、道の端に馬車を寄せて雨がやむまで待てばよかったのに。その頃のアゼリアはひどく幼かったから、とにかく怖がった。早く街に着きたいと言って両親を困らせた。彼らは顔を見合わせて考えて、あと少しだからと先を急いだ。

それが間違いだった。

視界が悪く、ぬかるみに車輪を滑らせた馬車はあっという間に道から転落した。それから先のことはわからない。ただ、真っ暗な場所にいた。昼なのに唐突に夜になってしまったと思ったら、体中が動かなかった。痛くて怖くて、たくさん泣いた。父と母の声が聞こえる。なのにそれも少しずつ小さくなっていく。

彼らは死んでしまった。アゼリアのせいで。幼いわがままで、こんな瞳のせいで死んでしまったのだ。体よりも、内側が痛かった。真っ暗闇の中で、アゼリアも死んでしまいたかった。声が聞こえた。そこに誰かいるのか。返事をしてくれ。少年の声だ。真っ暗だったはずなのにわずかな隙間から光が漏れた。今度こそ、はっきりと聞こえた。

「生きているのか！　なあ、きみ、生きているんだな!?」

その声ははっきりとアゼリアに向かって問いかけていたけれど、自身はすでに生きる希望なんてなくしていた。返事をするつもりもなかったのに、少年があんまり必死だから、ぽつりと、一言だけ。

泣きつかれてかすれてしまった、小さな声を漏らした。

い」


「死なせてほしい」

　どうか、あっちに行って。放っておいて。今のアゼリアの、ただの一つの願いだった。

「お父さんと、お母さんは、私のせいで死んだから。私も、どうか一緒に死なせてほしい」

　消え去ってしまいたかった。こんな瞳があったから。アゼリアがわがままだったから。

泣いて、体中の水分なんてとっくになくなってしまったと思ったのに、また静かに涙がこぼれていた。もちろん、体を動かすこともできないから、ただただ涙は頬を伝って流れるだけだ。少年は息を呑んだようだった。憐れまれるのだろうか、と頭の隅で考えた。もう、まともに思考する力すらも残ってはいなかった。でも、違った。

「馬鹿なことを言うな！」

　少年は怒っていた。怒りに震えて、崩れた馬車を必死にかき分けた。声変わりもしていない少年一人の細い腕でなにができるわけでもない。それでも体中を泥だらけにしてアゼリアを助けたいと願っていた。小さな隙間が、少しずつ大きくなり、明かりが差し込む。

少年の髪がきらきらと輝いていた。

　差し込まれた腕を、握れと彼は叫んだ。アゼリアも、動くはずのない体を、ゆっくりと動かした。少年の指先と、彼女の指先がわずかに繋がった。そのとき、アゼリアはまだ自身が生きているのだと気がついた。とにかく涙が止まらなかった。ただ声を震わせ嗚咽を漏らした。大勢の騎士たちが集まり助け出されたとき、アゼリアは泥だらけの汚らしい姿だったはずだ。けれど少年は構うことなく、彼女を強く抱きしめた。

よかった、と呟く彼の声も震えていた。

「きみはとてもがんばったんだ。生きていてくれて、本当に。本当に、よかった……！」

強く、けれどもアゼリアの体を気遣うように優しく抱きしめながら心の底から吐き出された少年の言葉は、アゼリアの胸の奥にゆっくりと沁みた。金の髪と、真っ青な瞳を持つ少年だった。

後でわかったことだが、彼らは辺りを巡回していた騎士団であり、少年はただの見習いだった。名前すらもわからないし、アゼリアだって名乗っていない。怪我だらけで、ぼろぼろで、やっと自身の足で立てるようになったとき、アゼリアは土の精霊との面会を果たした。残念ながら彼の力でもアゼリアの瞳をもとに戻すことはできなかったが、土の精霊はアゼリアが精霊の血筋を引いていることを教え、庭師の仕事を提案した。

生きてもいいのだと、少年に言われた言葉を思い出した。

ならば、その証拠を残したかった。美しい庭を作って、アゼリアが生きたなにかを生み出したかった。

それから十年の年月がたったが、アゼリアが彼を忘れることはなかった。しかし、あえて捜すこともなかった。アゼリアにとっては一生忘れることのない記憶でも、あちらにとってみればきっと取るに足らないことであろうとわかっていたし、瞳すらもまともに合わせられないこの身だ。人捜しに足を向ける気にはどうしてもならなかった。

先代が死に、南の貴族エリアを任せられるようになったとき、ときおり令嬢たちの噂話を耳にするようになった。特に興味もなく聞き流していたのだが、ある日、金の髪と青い目を持つ青年の話を耳にした。

同じ色合いというだけで、彼であるわけがないのに。アゼリアの頭の中から、ディモルの名がどうしても離れなかった。

年の頃は、たしかにそうだ。アゼリアを助けた少年は、十をいくつか過ぎたほど。それからさらに月日がたったから、今は二十歳そこそこの年齢のはずだ。ディモル・ジューニョという伯爵家の長男の年は二十一。それならぴったりと当てはまる。首を振って、自分自身で苦笑した。

だからまた彼と出会ったとき、アゼリアは驚いた。間違いなく、あの少年だった。幼い面影はどこか残したまま、すっかり大きくなっていた。これが貴族の事情には詳しくはないアゼリアが、ディモルの名を知っていた理由である。

ディモルはアゼリアのことがわからなかった。当たり前だ。落胆はしなかった。ただ、気持ちがふわふわとしていた。彼はアゼリアにとって特別だった。なぜかディモルはアゼリアの瞳を恐れることはなく、過去の幼い少年のことを思い出すと、自身の口下手が現れることもない。

それがいつからだろうか。彼の仕草や言葉に一喜一憂してしまうようになった。こんなことは、今までになかったことだ。

——ディモルは、アゼリアにとって、間違いなく特別な人だった。

それは命を救ってくれたという恩と、忘れられない思い出をくれたから。

なのに、どうしてだろう。アゼリアが、今、必死にディモルのもとに向かっているのは、決してそんな理由ではなかった。夜に笑って、お茶を飲んで、温かくしてくれた青年に、手を伸ばしたかった。

「……しくじったなッ！」

ストックが舌打ちした音で、はっとした。

「見ろ、ここから足跡がおかしいぞ」

光苔が落ちているとはいっても、馬に乗りながらの確認だ。中々はっきりと視界に収めるのは難しかったが、ストックの服を掴みながら、跳ね上がる体を押さえて地面を見下ろした。

「こ、これ……」

轍が、ひどく荒れていた。均一についていた周囲の足跡もそうだ。

「土の精霊の守りは、まだわずかにこの場所にも残っているはずだ。仕掛けるのは守りが消えた辺りからだと思ってたんだが……」

どうやらせっかちなやつが交じっているな、と再度ストックは舌打ちした。

「護衛の騎士は大勢いるだろうから、そうそうにやられはしないとは思うが」

少なくとも、敵はオットーブレ家のみではないだろう。アゼリアは眉間にしわを寄せた。

「まあでもまだ問題ない範囲だ！」

軽口を叩きながら、ストックはさらに馬の速度を加速させる。

「殿下の近くには、ディモルがいる。あいつさえいれば、少なくとも時間は稼げる！」

一体、なにを根拠にそう言うのだろう。

アゼリアを安心させるためのものだろうかと訝しんだが、ストックの表情を見ると、どうやら違うらしい。ストックは不安よりも高揚したようにしっかりと前を向いて手綱を握っていた。

「あいつは自分はなんにもできない男だと言っていたが、そりゃ違う。たしかに剣の腕は俺よりもないし、あの見た目だから、中身よりも外見ばかりに目がいくことも多いだろうさ」

でもな、とストックはふと記憶を遡らせるように目を細める。

「演習試合を、殿下が土の精霊を連れて見学に来たことがある。いくら王家に加護があるとはいえ、今の王家は弱体化している。ふとした隙に殿下は命を狙われた。大勢の騎士の目の前でだ。誰もかれも動かなかった。唯一、ディモルだけが真っ直ぐに飛び出した」

剣を相手にするならばともかく、人が精霊を相手にすることは難しい。土の精霊がいるのだからと心の底で言い訳をする人間が大半だった、とストックは話を続けた。

「あいつの家は強い精霊に守られているんだろう。それこそどんな呪いも弾き返すほどのな。でもな、そうわかってても、何者かもわからない相手に、普通迷いもなく飛び込めるか？　相手は自分よりもさらに強い精霊の呪いかもしれないのに」

ストックは知りもしないことだが、付け加えるのならば、ディモルには精霊の守りなど初めからない。ただあるのは血筋についた呪いのみだ。

「あいつはそれができる。なにがなにもできないだ。自分ではなにも知らないんだ」

ふとストックは思いを巡らせた。

王太子の護衛たちは身分ばかりは立派だが、修練場に顔を出すことなどほとんどない。しかし襲撃事件があってから王太子のお気に入りとなったディモルは、ただ熱心に修業を繰り返していた。剣の腕だけならどう考えても自身が上だ。しかし、内にある強さはどうだろう。

身分なんてまったく違う。なのに、ストックとディモルはひどく馬が合った。互いに隠し持った事実を抱えたまま友人となった。ストックは、彼をとても信頼していた。不思議な関係だった。

「説明は以上だ！　さて、理解と覚悟のほどは上々か⁉」

「え、えっ、あの⁉」

「飛び込むぞ！」

ストックの掛け声に、黒馬が呼応するように嘶いた。

ぐんぐんと森が近づいてくる。ルピナスと、ソップの故郷だ。ルピナスはアゼリアの服の中で震えていたが、懐かしい森をそっと見つめた。

たくさんの、思い出があるその場所を。

がたがたと馬車が揺れていた。

「ディモル……！」

震える少年の背をディモルは何度も強くなでた。そして強く唇を噛みながら少年を守るように注意深く状況を観察する。

（……襲撃は、あるだろうと予想していた）

だからこそ周囲は騎士で囲み、ディモルは王太子殿下の警護を行っていた。が、予想の地点よりも早く襲撃は行われた。今も夜半に響く怒声に少年はびくりと跳ね上がり、その瞳にいっぱいの涙を溜め込んで怯えている。

王である父に代わり、自身が妖精の地に赴かなければいけないと理解したとき、幼い王太子はとにかく震えた。がたがたとまるで音が聞こえてくるようだったが、それでも歯を食いしばりながら頷いた。

せめて見通しのいい昼間ならばよかった。しかし、儀式は必ず夜に行わなければいけない。目が覚める度に夜のすべてを忘れてしまうディモルだから、毎度、夜は美しいと感じるのだが、今日ばかりはそう言ってはいられない。

しっかりとした、いくつもの守りを重ねた馬車もすでに悲鳴を上げているような走行をしている。一人、二人と護衛が倒れ、消えていく。その度に少年は悲鳴を上げそうになる自身の口を必死に押さえていた。その姿が、あまりにも健気だった。

「殿下、殿下は必ず僕がお守りします」

子どもを見る度に、そう思う。あれは過去のことだが、王太子をはっきりと狙った悪意があると気づいたそのとき、ディモルは駆け出さずにはいられなかった。飛び出し、抱きしめ、無防備にも敵に背中を晒した。すぐに土の精霊がすべての災いを弾き飛ばしてしまったのだが、終わった後には冷や汗が止まらなかった。

あれからディモルは王太子付きの護衛となった。自身には過ぎた名誉であると告げたが、土の精霊はただ笑っていただけだ。

ディモルは子どもを見ると、どうにも抑えがきかなくなる。守らなければいけないと、そう感じるのだ。彼が見習いになったばかりの頃だ。小さな声に気づき走ると、土砂に埋もれて崩れ落ちた馬車があった。その中に埋もれた少女は強く彼を抱きしめて、ぼろぼろと大粒の涙をこぼした。彼女の顔は泥だらけでわからなくて、名前だって知らないけれど、可愛らしい子だと感じた。

ディモルにとって、忘れられない出会いだった。

そのとき、ただ安堵した。聞こえた声を無視してしまわなくてよかった、と。彼自身も涙を滲ませて、強く少女を抱きしめた。

あの頃のディモルは生意気な少年だったと思う。貴族にありがちで、高慢で、夜の呪いに苦しんで、でも自分は特別な者だと思っていた。彼の鼻っ柱を折ったのはおじいさんだ。出会ったのは夜のことだから覚えてはいないけれど庭師の花園に忍び込んだ彼を、おじいさんはこっぴどく叱ったのだという。

ディモルは両親に甘やかされて育った。気の毒な呪いを持って、家を継ぐこともできないだろうと憐れまれていたからだ。

庭師のくせに、なぜ僕にそんな口答えをするんだと、小さな犬歯を見せてディモルが叫ぶと、老人は鼻で笑った。

――身分を笠に着て、知らぬことに胸をはるなど、愚かしいことだ。

次に待っていたものは拳骨だったらしい。その夜、目の前をくらくらさせながら苛立つままに日記に綴った。そして次の日の朝に読んでみると、なんだこいつはとまたひとしきり腹が立ったが、なぜだか奇妙に心に残った。それからまた夜の庭に向かって、生意気な態度を取って、怒られて、同じことの繰り返しだ。

でも、その言葉がなかったのなら。

『たすけて』

か細く聞こえた少女の言葉を、気の所為だと、ぷいと顔をそむけてしまっていただろう。いや助けを求められたところで、きっとただの平民だ。自分にはずっと大事な任務がある。見習いだろうと、横道にそれている暇はないのだと知らぬふりをしていたかもしれない。

知らぬことに胸をはるなど、愚かしいこと。

ふと日記に書かれた文字を思い出したから、上官の指示も聞かずに飛び出してしまった。気の所為だ。そうに決まっている。たかが平民にこんなことを。馬鹿だな。さっさと戻ろう。そう思うのに、とにかく足が止まらない。

だから少女を見つけたとき、ひどく心の底から安堵した。聞こえないふりなんてしなくてよかった。手を伸ばしてよかった。ありがとうと彼女に言われた言葉は、まるでディモルの言葉を代弁しているかのようだった。見捨てなくて、よかった。

ディモルの隣で、今も小さく震えている少年は、あのときの少女と同じだ。守らなければいけない。幼い子どもの声を、無視などできない。それはディモル本来の優しさで、彼にとってはすでに当たり前のことだから、胸をはることもないけれど、人とは違うなにかだった。だから彼は、アゼリアと再会したとき、彼女が庭師であると知りながらも嘲ることもなかった。

ぎしぎしと音が鳴っている。すでに、いつ馬車が砕け落ちてもおかしくはない。

あっ！　と少年は悲鳴を上げた。矢を受けた御者が格子の隙間から滑り落ちていく様が見えたからだ。瞬間、馬が暴れた。すぐさま馬車は横転し、バキバキと悲鳴を上げて壁が砕けた。ディモルは少年を抱えて飛び出した。すでに精霊の森にはたどり着いている。月のない夜だ。闇に紛れて少年を背に負い、ディモルは駆けた。

泣き声を必死に抑えて、少年はディモルに抱きついた。追っ手に見つかるわけにはいかない。重たい甲冑は脱ぎ捨てた。とにかく王太子を儀式の場へと送り届けなければと。考えることはそれだけだ。

なのにふと、アゼリアのことを思い出した。

日記に書かれた彼女のこと。昼に会った彼女の顔。また、会えるのだろうか。もしかすると、もう会うことも叶わないかもしれない。それはとても悲しいことだ。けれど、王太子である以前に、幼い少年を見捨てることなどできるはずがなかった。

「ディモル……ぼ、ぼくのことは、もういいよ、いいから……」

呻くような声だ。

「おやめください……！」

子どもが死に急ぐ姿が、ディモルは一番嫌いだ。腹立たしいのだ。そう言わせる、自身の力のなさが情けなくて、腹立たしくて仕方なくなる。

常闇の中だ。ディモルは真っ直ぐに森の中心を目指したが、かつて彼の先祖はそのまったく反対に出口を目指した。激しい怒りを噴火させる精霊と、彼には見えもしなかったが、妖精たちの荒ぶりがまるで地響きのように響いていたと伝わっている。同じ場で、先祖と子孫が走っている。行きと帰りと違うけれども、よく似ている。彼の先祖は金髪で青目の、ディモルと似た風貌をしていたらしい。

矢の先が、ディモルの頬をなでた。放たれた矢の背に、ゆらゆらと炎が燃えている。火の精霊の力だ。皮肉にもその矢の炎で周囲の様子がよくわかった。すでにディモルは囲まれていた。彼は王太子を地面に下ろした。腰からは剣を取り出す。片手で少年を庇いながら強く睨みつけた。

足の短い中年の男が、一歩を踏み出す。

「これはこれは、王太子殿下。こんなところで出会うとは、なんとも偶然ですな」

「オットーブレ公爵、殿下の御前です。平伏なさい」

ディモルの言葉に、オットーブレは大きな腹を揺らして笑った。

彼の怪しげな素行を、ディモルとて把握していなかったわけではない。どこぞからこっそりと、いや、ディモルは知らないことではあるが、ストックからの忠告として上がっていたため監視役をつけていたが、それすらも丸め込まれていたらしい。オットーブレの隣には覚えのある顔がいくつもある。

じりじりと、男たちとの距離が縮まっていく。

「ディモル……！」

とにかく、王太子だけは逃さなければいけない。包囲をかいくぐることも、すでに難しい。さっさと来いとディモルはらしからぬ怒声を上げた。それを機に、いくつもの矢が放たれた。ディモルはすべてを叩き落とした。王太子を狙うものは、体をはって止めてみせた。これを繰り返した。すでに片腕が使えない。矢が深く肩に突き刺さり、流れ出る血が止まらない。それでも、わずかな隙さえあれば。

青年は諦めなかった。諦められるわけがなかった。喉から咆哮を震わせた。繰り返される射撃を受け止め、最後にできたことは、ただ王太子を抱きしめることだ。自身の背を使い、彼を悪意から守った。やめてと悲鳴を上げていた少年が、ふと、静かに瞬いた。不思議に思い、流れ出た血を拭うこともできずに片目だけで振り返った。少女がいた。

　炎の中で、彼女は桃色の髪を揺らしていた。矢に込められた力は、精霊によるものだ。地面に突き立てられた矢は、消えることなく赤々と燃えている。

「……アゼリア」

　鉄の味を含みながら、ディモルは呟いた。少女はひどく場違いだった。グリーンティーを二人で飲んで、美味しいと笑っていた少女の顔を、ディモルは覚えている。ただ彼女は厳しく菫色の瞳を細めて、周囲を睨んだ。アゼリアの瞳に恐れをなして男たちは震え上がったが、それも一瞬だ。

「な、なんだお前は、どこからきた……」

　オットーブレも、一歩、ふらつくように後ずさった。背後の自身の護衛にぶつかり、我に返ったように頭を振った。そして溢れ出る殺意を抑えることもせずアゼリアを睨み返し、合図を送る。すぐさま、再度の矢が放たれた。

　しかしそれが彼女のもとに届くことはない。

　アゼリアが片手を持ち上げたとき、その場から様々な植物が生み出された。彼女と、ディモルと王太子を守るように硬い木々の幹でさえも丸くうねり、まるで生きているかのようだ。いや、実際にそれらはアゼリアの思う通りに動いた。守りを解いたかと思うと、男

って いく。

たちが持つ武器を一人ひとり撃ち落とす。悲鳴が上がる度に炎は消えて、森は暗い夜に戻

——アゼリアの手のひらには、小さな布袋が握りしめられていた。

ストックとともに森に入った瞬間、彼らからの歓喜の声が聞こえた。それはなんの力もないストックでさえもわかるほどに。土の精霊から譲り受けた袋の中身——小さな、小さな種たちが、自分も連れて行けと叫んでいる。

『……こりゃ、俺が行くよりもあんたが行く方が早いかもしれねえな』

ストックは、アゼリアに種を渡した。

『靴の中にも仕込んどけ。服の中にもな。これはあんたを守るものに違いない』

もしかすると、この事態でさえも土の精霊はすべて予想していたのだろうか。でなければ、種などとアゼリアに一番近い形のものは渡さない。

『——行け！』

ストックの声に頷いた。アゼリアは即座に馬から飛び降りた。

瞬間、枝が彼女をすくい上げた。まるで庭園の中と同じだ。種を通して、土の精霊の力を借りることができる。アゼリアが足を踏み出すごとに、森の木々がアゼリアを運んだ。跳ねて、飛んで、真っ直ぐに進む。ストックは馬を走らせながら彼女を見上げた。黒いローブがはためいて、まるで羽のように見えた。

月もない夜の中、彼女の小さな姿が空に浮かんだ。

咆哮が聞こえた。

森が燃えている。アゼリアは滑り落ちるようにディモルの前に降り立った。覚えのある少年がいたことには驚いたが、すでに動くこともままならないディモルの姿を見たとき、ぞっと血の気が引いた。そして唇を噛みしめ、アゼリアは彼らに願った。まずは火を消す。植物だけでは難しい。そっとしゃがみ込み、地面をなでた。

「私の声は届かなくても、あなたたちの主の願いなら持っているの」

握りしめた布袋に入った種たちがどんどん熱くなってくる。任された、と。聞こえた声はそれだけだったけれど、盛り上がった土はすぐさま炎を押しつぶした。その様子を見るだけでも幾人もが腰を抜かして、次に必死に立ち上がり逃亡した。

「ば、化け物！」

アゼリアは影である。人ではなく、人以下だ。今更言われたところで、痛くもかゆくもない。それよりも大事な者を見捨てる者になどなりたくはない。

腰を抜かしたオットーブレを庇う者など、どこにもいない。いや、彼の隣にはソップよりも、ルピナスよりも大きい、人間の子どものような姿の精霊がいた。

「お、おい、アスター！　なんとかしろ！」

「無理だよご主人。こいつは二人分だ。一人の俺じゃ到底勝てない」

ふるふると少年は首を振った。オットーブレは絶望に顔を染め上げた。

「理解が早くて助かります」

土と木、両方の力を合わせて、アゼリアは彼らをくくりあげた。庭園を燃やそうとしていた男を捕まえたとき以上に念入りに。これなら火の精霊でも、抜けることは難しいはずだ。すでに抵抗する気も失せているようだが。

喚くオットーブレに手の中で調合した眠り草を与え、アゼリアは振り返った。

静かな夜が、そこにあった。


アゼリアとディモル、そして王太子、アゼリア以外には見えてはいないが、ルピナスの四人は、ただ真っ直ぐに森の中心を目指した。

アゼリアの小屋に幾度かやってきて、フェンネルの畑の中で涙をこぼしていた少年が王太子であったとは驚いたが、考えてみればアゼリアの瞳に恐れをなしても再度やってくるほどのつわものだ。それほど強い血筋となると、王族、少なくともある程度の立場がある貴族だろうと想像はできていた。

「ディモル、大丈夫、ねえ、大丈夫……？」

「殿下……ええ、問題、ありませんとも……」

言葉を口にするのも苦しげなくせに、ディモルはアゼリアに支えられながら笑った。土の精霊の力は、すでに消えてしまっている。種に込められたほんのわずかな力。あれが彼が残すことができた最後の力だったのだろう。

「祭壇が見えたわ……」

草木をかき分けて進むと、ルピナスが小さな声を出した。

アゼリアも直接目にしたことはない場所だ。一体どんなものなのだろうと目を凝らすと、意外なことに、それはただの湖だった。おかしな季節の中で蛍がちらほらと飛んでいる。不思議と、湖は光り輝いていた。まるで今もそこに、誰か精霊が住み着いているように。

ゆっくりと、四人は湖に近づいた。

手順通りに王太子が片手で湖の水をすくった。そして願う。すると、新たな精霊が生まれるはずだった。が、いつまでたっても湖は変わらない。少年は理解し、口元を震えさせて大粒の涙をぽろぽろとこぼした。

「や、やっぱり、ただぼくのことが嫌いになって、消えていっただけなんだ……」

嫌われて、いなくなってしまったと嘆いていたのは、土の精霊のことなのだろう。

まさかそんなとアゼリアとディモルは互いに顔を見合わせたが、奇跡の一つも起こりはしない。気まずい沈黙だった。そんな中で、「馬鹿ね!」とアゼリアだけに聞こえる言葉で、ルピナスは怒った。

「新しい妖精が下手くそなのよ。精霊になる方法がわからないですって？　もう、なんであの人はこんな子を選んだのかしら。いいわよ、手伝ってあげる。嫌になっちゃう。これじゃあ、私もあの人に踊らされているみたいじゃない！」

ルピナスが人間に手を出すだなんて、ありえないことなのに。でもこんなところまで連れてこられて、さらに泣き出す子どもを前に、できることがあるのにできないなどとつっぱねることなんて彼女にはできやしない。

ルピナスは静かに四枚羽を開いた。本当は、ルピナスだって精霊になれるほどの魔力を備えている。アゼリアの一族を守ってほしいと願われたから、その分を受け継いでいた。でも、ずっと拒んでいた。だってそうすると、あの子が本当にいなくなってしまうように思ったから。とっくに死んでいるはずの精霊なのに。


――ルピナスは手のひらに力を込め、蛍のような光を灯しながら懐かしい思い出を遡るように思い出した。小さなアゼリアは、とても可愛らしかったことを。

ころころして、ときどき指先でほっぺをつんつんした。子どもってなんでこんなに丸いんだろう。食べてしまいたいくらい。ときどき、ぱっちりと真っ黒な彼女の瞳と見つめ合うと、見えているの？　と首を傾げてしまいそうになったけれど、そんなわけない。いくら血が濃い子どもが生まれようとも、ルピナスに気づく子なんて、どこにもいなかった。でもそれで十分だった。彼らの姿を見守っていきたかった。

だから、雨の中、崩れ落ちた馬車で悲鳴を上げたのはルピナスも同じだ。アゼリアの父と母は、アゼリアを庇うようにして必死に幼い命を永らえさせた。なのにルピナスはなにもできない。声は誰にも届かない。こんなことってあるだろうか。

せっかく助かったアゼリアの命でさえも、少しずつ小さくなって、消えていく。小さなアゼリアの体が、馬車の重みに耐えられるはずもなかった。怖くて、恐ろしくて、ルピナスは叫んだ。アゼリア、アゼリア、アゼリア。助けを呼んでくるから。絶対に、誰かを呼んでくるから。お願い、待ってて。

近くに人間がいたのは幸いだった。街も近いから、大勢の騎士が周囲を巡回していたのだ。ねえ、大変なの。子どもが馬車の下敷きになっている。お願い、こっちに来て。お願い！　叫んでも叫んでも、誰もルピナスの声なんて聞こえない。当たり前だ。彼女は妖精なのだから。

悔しかった。儀式がなければ、ルピナスは精霊になることができない。誰も、ルピナスの存在を認識できない。

だから願った。これから先、精霊になんてなれなくてもいい。ただの一度きりでいいから、彼らに声を届けてほしい。お願いだから、「助けて……！」

少年が、ふと顔を上げた。

気の所為かとも思ったけれど、一縷の可能性にもすがりたかった。

「ねえ、あっちに子どもがいる！　お願い、こっちに来てよ！」

彼の顔を見て、そっくりなこの少年が、あの男の子孫であることぐらいすぐにわかったけれど、そんなことはどうでもよかった。

「こっち、こっちよ！」

羽を震わせて誘導した。

「ディモル、どこに行くんだ!?」

叱責の声が飛んだが、少年は構わず駆けた。

アゼリアがディモルに助けられたとき、ルピナスは大声を上げて泣いた。なんの力にもなれなかったけれど、彼女が助かったことに対する安堵と、喜びと、たくさんの気持ちがぐちゃまぜで泣いた。それから、アゼリアはルピナスの姿と、声がわかるようになった。ルピナスは精霊と妖精の間の、中途半端な存在となってしまったわけだが、そのことになんの後悔もない。そして彼女の両親を助けられなかった負い目から、アゼリアにこの事実を伝えることもない。

庭園で再会した男がアゼリアの恩人であることは知っていたけれど、ルピナスの友を泣かせた張本人の子孫だから、結局、嫌いという感情が勝ってしまった。悪さをして、アゼリアまで泣かせてしまった。馬鹿なことをしたと思う。でも、彼の日記をこっそりと盗んだとき、『こうなってしまったのは仕方のないことだ』と書かれていた文字を読んで、なによと怒った。

発端は自分の行いであるくせに、その子孫が諦めたような言葉を綴っている。いらいらして、えいとバーベナの枕元に日記を叩きつけたわけだが、多分ただの八つ当たりだ。嫌いという感情を長く持ち続けたから、自分でもきちんと呑み込むことができなくなっていたのだ。愚かなのはルピナスだって同じなのに。


ルピナスが両手を伸ばすと、みるみるうちに湖が光り輝いた。その中に、一人の精霊がいた。

六枚羽で、ソップと同じ大きさで、ディモルよりも、少しクリームがかった金髪だ。不思議と王太子とよく似た風貌であったけれど、瞳だけは銀色で、満月のようだった。

「ご、ごめんねえ……」

精霊も、王太子と同じように泣いていた。

「ぼ、僕が力になれたらよかったのに、ごめんね……。ずっと一緒にいたのに。一緒に泣いていたのに」

例えば、アゼリアとともに、畑で膝を抱えていたとき。例えば、馬車の中で震えていたとき。たしかに彼はその場にいたのに、誰の目にも映らなかった。

幼い妖精は、土の精霊となった。まだまだ未熟であるが、六枚羽がその証拠だ。王太子は、おずおずと精霊に手を出した。互いによく似た泣き虫の子どもたちは、両手を握り合ってそれから抱きしめ合った。ひんひんと泣き声ばかりが響いている。

よかったと息をついたとき、ぼろぼろの体でディモルはすっかり座り込んでしまった。

「ディモル様……！」

抱きとめたアゼリアの体も、一緒にくずおれた。

「す、すまない……頭はしっかりしているんだが、どうにも体が」

「おそらく、もう少しでストックさんが来ます。目的地はここだったんですから、間違いありません。それまで、我慢なさってください」

「うん、大丈夫……」

その辺りで、すっかりアゼリアの胸に顔をうずめていたことに気がついた。

「すまない、血が！」

「構いません」

か細い抵抗だったから、持ち上げた頭を再度抱きしめたところで、アゼリアも状況に気がついた。ひどく赤面したが、それを彼に知られることはないと気づいて安心した。ディモルはすっかり瞳を閉じてアゼリアを抱きしめていたから。

一体、アゼリアが何者であるのか。ディモルは一つも聞かされていない。だから静かに呼吸を繰り返し、そっと彼女に問いかけた。

「なんで、きみがここにいるんだ……？」

ディモルは彼女の力よりも、そのことの方が疑問だった。たとえアゼリアが不思議な力を持っていようとも、彼にとって、アゼリアはアゼリアだからだ。

アゼリアも、ディモルの疑問を、自身にずっと問いかけていた。

理由がないとストックに言われた。じゃあ、過去に命を救われたから。これも違う。救った命を命で返すことは、決して対等な手段ではない。愚かなことだと、アゼリアにもわかる。それなら。

「ディモル様が、私にとって大切な方だからです」

ゆっくりと、空が白んで、明けていく。夜が少しずつ終わっていく。きらめくような湖の水面に、空の色が落とされる。

「僕も、きみが……」

勝手に、言葉が漏れていく。抑えつけていたものだ。呪いがあるこの身に、そんな言葉はふさわしくないと思っていた。

「きみが、好きだよ」

光が弾けた。

夢の中で、泣いていた女の名はブロワリア。

精霊であり、アゼリアの先祖だ。男に袖にされて、悲しくて、悲しくてたまらなくて、愚かな呪いをかけてしまった美しい女だった。彼女はすぐに死んでしまった。寿命を悟った彼女はルピナスに子を託した。どうか見守ってほしいと告げた言葉を、ルピナスは頷き、彼女の子孫を見守った。

――アゼリアは、その彼女の血を、濃く受け継いでいる。

光が収まったそのとき、アゼリアの瞳の色がわずかに変化していた。菫色の瞳はさらに薄く、ピンクがかった色合いだ。桃色の髪はすっかり黒に変わってしまった。

「ずっと泣いていたあの人は、私のご先祖様だったの……」

ディモルの言葉を聞いた途端、様々な記憶が、アゼリアの中で弾けた。夢の中で泣いていたから、どうしても気の毒になって、そっと頭をなでてしまったこともあるあの愛らしい精霊が、アゼリアの遠い遠い、ご先祖様。

そしてそのとき、もう一つの変化があった。

すっかり夜は明けていたというのに、ディモルは夜のすべてを覚えている。

「なんでだ……」

明け方の、言葉では言い表すことのできない昼と夜が混じり合った美しい空を見上げて、すっかり解けてしまった自身の呪いに、疑問の声を吐き出した。

その驚きはルピナスだって同じだ。ぽかんと口を開き困惑している。

「な、なんで？　ブロワリアはとっても強い精霊だったのよ。死んでしまった後も、ずっと呪いが残ってしまうほどなのに。なのに、こんなにもあっけなく」

ルピナスの声を聞いて、ディモルはゆっくりと瞬いた。

「……あの、きみは、一体どこから？」

互いに見つめ合った後で、ひぎゃあとルピナスは声を上げた。そして自分の体をばたばたと叩いて確認し、ぶるっと震えた。

「つ、土の精霊……！　あんた、すっごく悪趣味だわ……！」

いまだルピナスは妖精の体であるが、足りなかったはずの魔力が満ち足りている。

先程、新たな土の精霊が生まれたとき、ルピナスと土の精霊の魔力は混じり合い、過去に無理をして使ってしまった魔力が補填されたのだ。魔力が溢れかえったことで、一度繋がった人間には、ルピナスの姿が認識できるようになってしまった。少年であった頃、ディモルはルピナスの声を聞いて、アゼリアを助けに行ったのだから。

驚く二人とは反対に、アゼリアはきちんと理解していた。

アゼリアの瞳が人を驚かせるのは、アゼリアの先祖――ブロワリアがジューニョ家に呪いという力を置いていってしまったから。半分の力しかなかったから、自身の力を抑えることができずに、暴れさせていた。ディモルがアゼリアの瞳を恐れなかったのは、自身の呪いと同じ力だからだ。

それがしっかりと、アゼリアのもとに、いや、ブロワリアの血筋に戻ってきている。これはすべて、小さなきっかけの重なりだ。

「ねえ、ルピナス。一つ尋ねてもいいかしら。私のご先祖様は、ブロワリアという精霊なのよね？」

「……そうよ。アゼリアは、強く彼女の力を引き継いでいたわ」

「じゃあ彼女は、一体誰とつがいになったのかしら」

ディモルの先祖なのだろうか。一晩限りの関係で、子をなした。

「ち、違うわよ！」

ルピナスは首を激しく横に振っている。アゼリアは笑った。わかっている。アゼリアの夢の中では、ずっとブロワリアは泣いていたけれど、それは呪いの力に引きずられていたからだ。それが解けてしまった今、心の中の彼女は大きな背中の誰かに背を預けて、幸せそうに歌っていた。

「彼女はまた、新しい家族を見つけたのね。ルピナス、ブロワリアは、とっくに許していたのよ」

「そんなわけない！」

ルピナスはどれだけ彼女が泣いていたか、苦しんでいたか知っている。だからすぐに死んでしまったのだと思っていた。

「人は、嫌いだわ。アゼリアと、祖先である彼らは違うけれど、人はいつも適当にごまかして、許しを乞うていたとしても、本当は心の中じゃ舌を出してる。知ってるのよ。あいつの日記も読んだわ。こうなってしまったのは、仕方のないこと、ですって？　ディ、ディモルにはなんの責任もないことだわ。全部、あの男が悪いのに、悪いのに……」

ルピナスは小さな手のひらでぎゅっと服の裾を握った。日記、という言葉を聞いて、ディモルは驚いた。覚えのある言葉だからだ。

「ルピナス、だったかな。僕の日記を読んだのか？」

「そうよ。最初だけね！　あとは腹が立って投げつけてやったけど！」

バーベナの枕元へ、ということである。

どうりでとディモルは納得した。

「あれは僕の言葉じゃない。先祖の、呪いを受けた張本人の言葉だ。彼は自身が呪いを受けたことは仕方のないことだったと後悔していた。でも、僕たち子孫まで同じく呪いを受けることには、たいそう胸を痛めてらした。だから、彼の言葉を、代々受け継いでいく。そしていつかあの精霊に出会ったときには、謝罪の言葉を伝えられるようにと願って死んだ。僕は彼の言葉を忘れないように、最初のページに書いているだけだ」

ルピナスは、大きく目を見開いた。

「僕の先祖は呪いを受けて、最初はひどく憤慨したそうだが、時がたち伴侶を得て、自身の妻に事情を話すと、待っていたのは重たい平手打ちだったそうだ。こんこんと説教され、次第に心根を変えていった。そして今更だと迷いつつも謝りに再度森を訪ねたときには、すでに精霊は消えていた」

たしかにブロワリアは子を産んですぐに死んでしまったから、訪ねたのがその後だとしたら話の辻褄は合う、と一瞬ルピナスは納得しそうになってしまったが。

「で、でも！　なによそんなの。伴侶を得て、ですって？　好きな人ができたからその人の説教で目が覚めたなんて、そんなの……そんなの……卑怯だわ！　どうせ謝りに行ったというのも、呪いを解いてほしくてってだけでしょう！」

彼女が言うことも、もしかすると一理あるのかもしれない。

アゼリアはそっとルピナスを見つめた。

「ねえ、ルピナス。私以外の人、と言ってくれることは嬉しいけど、私だって、たくさんの汚い気持ちはあるわ。多かれ少なかれ差はあるかもしれないけど、みんな同じよ」

アゼリアの中に流れ込んでいたブロワリアの気持ちは、ただ幸せなものだった。残してしまった呪いを、気にかけてさえいた。

「でも、この呪いは、彼女と男の想いが通じ合わなければ解けないものだから……」

ブロワリアには解くことができなくなっていた。なぜなら、彼女はすでに他の男を愛していたからだ。

ぽろりとルピナスがこぼした涙を、アゼリアはそっと指先ですくった。

「ルピナス。私が小さい頃、馬車で事故にあったときディモル様に助けてくれと叫んでくれたのね。知らなかった。ありがとう」

様々な記憶が見えたのだ。その中には、ルピナスが必死にディモルに声をかけている姿もあった。ぽろぽろこぼれる涙はとまらない。笑って、片手でルピナスの頭をなでた。

「馬車の事故？　それは、どういう……？」

「ディモル様は覚えていらっしゃらないかもしれませんが、幼い頃あなたに助けてもらいました。とても感謝しています」

隠すつもりはなかったから、感謝の言葉を伝えると、ディモルは驚愕の声を出した。

「もちろん、覚えている。きみが彼女だったのか。だから……」

泥だらけで、顔すらもわからなかったのに、可愛らしかったと覚えているわけだ、とはディモルには言えなかった。

「……ちょっと、そんなことよりあんた、いつまでアゼリアに抱きついてるのよ。離れなさいよ！」

「ルピナス！　ディモル様は怪我をしていらっしゃるの。蹴らないで、やめなさい！」

「いや、まあ、そんな……」

土の精霊の力が消えてしまう前に、少しばかりの回復はアゼリアにしてもらったので、実のところそろそろ体力も回復してきた。抱きしめながら庇われてしまうと妙な気持ちになってくる。そんな彼らの姿を、王太子と新たな土の精霊はちょこんと座って見守っている。なんだか気まずくてディモルは曖昧に笑ってしまう。

「も、もう大丈夫だ。ありがとう」

それよりも気になることがある、とディモルはじっと思案した。

さらりと流されてしまったわけだが、先程の言葉は彼としては一世一代の告白だった。そして自身の呪いを解くためには、互いの想いが通じ合う必要があるという。つまり、とディモルは片手で顔を覆い俯いた。髪の隙間からは真っ赤な耳が見えている。返事など、もらったも同然だった。しかしだ。彼はちらりと王太子の視線を確認した。今はこんなことをしている場合ではない。いやでもと葛藤したとき、少年はそっと両目を手で覆った。同じく、新たな精霊もそれに倣った。ディモルは唇を噛んだ。

くっ、と呻いて、再度彼女に近づく。そっとアゼリアにしか聞こえない声で囁く。

「アゼリア、僕はきみが好きだよ。できれば、答えがほしい」

控えめな問いかけだったが、胸の中では激しく早鐘を打っていた。

アゼリアは、ディモルの言葉を聞いてぽかんと幾度か瞬いた後、「えっ！」と肩を跳ね上げた。

「あの、す、好きとは、その、そういった、でもその、そうです、ディモル様には、お付き合いしていらっしゃる方がいるのだと……！」

「つ、付き合い？　なぜ？　なんのことなんだ」

「こ、恋人の方がいらっしゃるのだと、庭園での噂話で耳にしました。す、すみません！」

「誤解だ、それは、その、きみのことだ！　僕と噂になっているのは、アゼリア、きみなんだよ！」

「……え？　わた？　わ、わたっ。わた、わた⁉」

私ですか、の私の部分すらもうまともに話すことができていない。

なんということだろう。とアゼリアはまるで目の前が回ってしまうような気持ちだった。好き、という言葉も一緒にアゼリアの中でぐるぐると回る。一体、どういった意味で。もしかすると男女の言葉で。でもそんな。

「わ、私にとって、ディモル様は大切なお方ですが、好きとか、そういうのは、その、か、考えたことがなく……！」

ほとんど涙目のまま混乱して額の汗を拭いながら絞り出した発言を前にして、ルピナスが呆れたようにアゼリアを見ていた。

「あなた、まさか」

そして訝しげに声を落とす。

「自分が、ディモルのことを好きって知らなかったの……？」

妖精のルピナスでさえも、気づいていたことなのに。

「えっ？」

頭から煙が噴き出しそうなほどに顔を真っ赤にしながら、アゼリアはルピナスに視線を落とした。さらに今度はディモルを見て、慌てふためくアゼリアとぱちりと目を合わせると、彼は口元を押さえながらそっと目をそらした。じわじわと、アゼリアは認識していく。

なにかが下から上に、上ってくるような感覚だ。

「〜〜〜〜！」

言葉だってもう出てこない。


こうして、ストックが来るまでの間、彼らの混乱は続いた。ぼろぼろの姿となったディモルを目にして、「想像の通りだな」とストックは笑った。それから、新たな土の精霊と、王太子を見た。なにか複雑な表情だったような気がするが、アゼリアはそれどころではなかったので気づかなかった。

連れてきた馬にはディモルと、王太子が乗っている。アゼリアとストックは並んで歩いた。馬車は壊れてしまったので、街までは自分たちの力で戻らなければならない。

すっかり夜も明けた森の中を歩くようにゆっくりと彼らは進んだ。

あんなに暗くて恐ろしかった森なのに、今は明るく足元には光り輝くような木漏れ日が落ちている。

「アゼリア、僕はもう歩けるから、きみが代わりに」

ディモルがなにやら言っているが無視をした。それより、今はディモルと面と向かって話すことの方が難しかった。ディモルが言った好きという言葉が、いまだアゼリアの頭の中でぐるぐるしている。真っ直ぐに彼を見ることさえ困難だ。

そのとき王太子は、ただ静かに馬の上からストックを見下ろしていた。一体、この男は何者なのだろうとストックの背に突き刺さる視線が語っている。アゼリアはその気持ちが痛いほどわかったので、同じくじっと見つめる。

ざくざくとみんな無言で進んでいく。

「ええい、お前ら言いたいことがあるのならさっさと言え！」

堪えかねて、ストックは叫んだ。

「ひえっ」

「ストック、大きな声を出すな、殿下と新たな精霊様が怯えてしまうだろうが！」

「こんなもんでびびるくらいなら、王宮に戻ったところでなにもできやしねぇよ！」

「あの、言いたいことといいますか……」

アゼリアは唸りながら「聞きたいことと言いますか……」と伝えるべき内容を考えた。

ストックの服はところどころ、返り血がこびりついている。迎えが遅れたのは、残党を蹴散らしていたかららしい。

「あなたは、敵ではないのですか……」

その場の考えを代表するように小さく問いかけた王太子の言葉にストックは振り仰ぎ、厳しく目をつり上げた。これは彼のもともとの顔なのだが、それだけで少年はぶるりと震えて小さくなった。

「違う」

ストックにしては珍しく、つっぱねた声だ。そうとわかるのはディモルだけだが。

「なら、味方……」

「それ以上言うな」

精霊がひゃあと悲鳴を上げた。これ以上、王太子はなにも言うことができなくなって精霊と一緒にぶるぶるしている。そんな仕草を見ると、二人は本当によく似ているなとアゼリアは感じてしまう。

「とにかく、話は戻ってからだ」

こっちだって、色んな準備がいるんだよ、とぷいと顔をそむけて呟くように話したストックの言葉は、自分自身に告げているかのようだった。

数日後、アゼリアの小屋には覚えのある人たちが集まっていた。

ところどころ包帯を巻いてはいるがしっかりと両の足で立っているディモルを見て、アゼリアはほっと息をついた。ストックはもちろんのこと、そんな彼女と目を合わせて、ディモルはひらひらと片手を振っていた。ストックはもちろんのこと、バーベナ、ソップまでもがいる。王太子の新しい精霊の名はツワブキ。やはり男の子なのだそうだ。

この場を設けることにしたのは、実はストックの発案ではあるのだが。

「……そこの嬢ちゃん方には声をかけた覚えはないんだが」

「へへん。噂があるところにおいらありだ！」

「わたくしもいますわよ！　ふふん！」

二人そろって腕を組んでいる。息がぴったりにもほどがある。

「殿下をこちらにお通しするのは、少しばかり気が引けたんだが……」

「アゼリアの庭だ。これ以上なく安全な場所だ」

ディモルの言葉にすぐさまストックは返事をしたが、アゼリアにしてみれば、少し買いかぶりな気がした。

ここじゃあなんだ、と移動したのは、広々とした草原だ。ひゅうひゅうと風が吹き、まだ肌寒い空気の名残はあるが、いつの間にか冬は過ぎ春に近づいている。草木を覆っていた雪はすっかり解け、今は柔らかい緑を見せていた。

「ねえまだですの？　さっさと話をする、ただそれだけのことかと思いますけれど」

バーベナが、かりかりとした雰囲気で腕を組みながら、ストックを睨んでいる。

「待て」

ストックは口の先を尖らせた。

「俺にだって、準備が……」

「そんなものここに来るまでに終わらせときなさいな！」

「終わらせときな！」

ソップとのコンビでバーベナは思うがままに言葉の腕力を叩きつけている。

「う、うるせえな……わかったよ。アゼリア！」

そして勢いに押されたストックは、なにかをアゼリアに投げ渡した。

「え、わ、わっ！」

ぽんっと螺旋を描いてアゼリアの手の中に入り込んだのはなにかの種だ。精霊の森で渡されたものよりも細長く大きい。が、どこか見覚えがある。

「それを、育ててくれ」

なんの種だろうと考えていると、ストックはどこか硬い声のまま、じっとアゼリアを見つめていることに気がついた。アゼリアの力は、今やすでにブロワリアと同一だ。以前よりも力を使いこなすことができるようになったので、わざわざ人から瞳を隠す必要はない。

その真剣な口調を聞いてすぐさまこくりと頷き、アゼリアは種を地面に埋めた。短く、言葉を吐き出し優しく願う。アゼリアの声に呼応するように静かに芽が出たかと思えば、にょきにょきと、ぐんぐんと育っていく。

「わあ！」

少年が王太子らしかぬ驚きの声を上げた一瞬の間に、辺り一面がそれこそ黄色い絨毯のように同じ花で染まっていく。

大きな背丈がざわざわと揺れていて、小さな黄色い花が合わさったハーブ。見覚えがあるわけだ、とアゼリアはため息をついた。それはフェンネルの花だった。

草原はあっという間に見渡す限りフェンネルが敷き詰められ、すっかり幼い王太子の体は埋まってしまっている。あっぷあっぷと息をして、じたばた暴れた彼を抱きとめたのは、覚えのある青年だった。

茶色い長い髪を揺らしながら、優しげな瞳をした青年。

「……オモト！」

先代の土の精霊の名を少年は叫び、必死に抱きしめ返した。なのにその姿はこちらからは摑めなくて、なんの感覚もなく、両手の感触はかき消えてしまう。

『フェン、申し訳なかった』

オモトという名の精霊は静かに、フェン——王太子を見つめていた。けれどどこか瞳は合わさらない。なぜ、とフェンという名の少年は悲しみに瞳を染めた。

「土の精霊が、死ぬ前に俺に渡した伝言だ……」

ストックがそっと囁く。アゼリアはローブのフードをぐいと引っ張り、視線をそらした。

やはり、彼はすでに死んでいる。

『そこの彼はきみの従兄だ。つまりフェンの父君の兄の子だよ。ストックの父君と母君は、戦で出会って、恋をした。すでに王兄は死んでしまったから、彼が王家の血筋であると証明するものはなにもないけれど、私は知っている。幾度も王宮へと誘ったんだけどね。断られてしまった。変わった子だよ』

俺の家族はじいちゃん一人で十分だ、とストックは面倒くさげに幻影に舌打ちした。

『この種を渡したときは、きみに渡すことはないと言っていたのに、やっぱり渡してしまったんだね。わかっていたさ』

ストックはまたなにかを言おうとしてすぐに口をつぐんだ。痛いところをつかれたという顔だった。

『意地っ張りな従兄なんだ。きみのことが心配でたまらないのに、なんでもない顔をする。フェン、私が死んでしまったことで、きみにはたくさんの苦労がやってくることだろう。そして、きみに言葉しか残すことのできない私を、許してくれとは言わない』

精霊は、ある日、自身の死を理解する。

それは決して、抗えるものではないのだという。

『死ぬことが恐ろしいことだと知ってしまったとき、精霊は死ぬ。その理解は、精霊によって異なる。私は長い、長い時間がかかってしまった』

ブロワリアは子を産み、すぐに消えてしまった。陽炎のように儚い精霊がいれば、長く、長く国を守り続ける精霊もいる。

『たくさんの人の死を見送ったよ。それが、私の中で積み重なった。きみが生まれたときに思ったんだ。この子の死を見たくはないと。だから今は少し、安堵もしている。きみに直接、私の死を告げる勇気もない』

触ることもできないはずなのに、オモトはそっとフェンの両頰をなでるように慈しんだ。

ふわふわと柔らかい頰だった。フェンが生まれたとき、オモトの中で、少年は光り輝いていた。

『フェン・アゴスト・プランタヴィエ。きみの名は、私がつけたんだよ。フェンネルのように、強く咲き誇るように。強い意志を持つように。でも、風邪のときには温かくなる、素敵な紅茶にも、料理にもなれるような人になれと』

愛しているよと、最後に告げられた台詞の中、ただ、フェンは立ちすくんでいた。きみはとても泣き虫だ。でもその涙が、どうか温かく、優しいものとなりますように。いつの日か、オモトに言われた言葉を思い出した。

黄色い絨毯のように広がる一面のフェンネルを、静かに、風が通り過ぎて消えていく。誰も、なにも言うことはなかった。ただ、ツワブキだけが、そっと少年の手を握った。

二人の泣き虫が、いつか一人前となる日が来るだろう。

きっとそれは、遠くはない未来に。

ひらり、ひらり。優雅に羽を揺らしながら、蝶が花の蜜を吸う。様々な種類の美しい花々の中を、蝶は優雅に飛び移る。暖かな日差しだった。椅子に座って庭の景色を眺め、アゼリアとディモルは静かにお茶会を楽しんだ。雪はすっかり解けて、新たな生命が芽吹いている。
「ディモル様、怪我の具合は……」
「とてもよくなったよ。きみが心配してくれるから」

以前よりもずっと距離が近いのは、おそらくアゼリアの気の所為ではない。わざわざ耳元で囁くように告げるから、ぞわぞわしてたまらない。そわついた彼女をディモルはそうっと捕まえた。片手を添えて、唇を落とそうとしたとき、

「いや、私がいるから！」

と、間からルピナスが飛び出した。見えないときならばともかく、ディモルにはバッチリと姿が見えているくせに、この扱いはたまらない。

「そんな、なにも。僕はただアゼリアの頰に汚れがついていたから」

「嘘は大概にしてちょうだい⁉　あんたが私が目を離した隙に悪さをしでかしてるのは知ってるんだから！」

「悪さなんてしていない」

「キリッとした顔を作ったところで、事実は変わらないんだからね！　ねえアゼリア……アゼリア⁉　意識を飛ばさないで！」

真っ赤な顔で頭をふらふらさせているアゼリアを見てディモルは苦笑している。はっと目を覚ましたらしく、「大丈夫、大丈夫だから」とルピナスに必死に返答するアゼリアを微笑ましく見守っていたとき、ふとディモルは考えた。

――アゼリアは、影にはなれない。

そう、先代は幾度も彼女に話したのだとアゼリアに教えてもらった。

ディモルは、日記の中でしか彼を知らない。だがひどく違和感があった。いくらぶっきらぼうな男であったとはいえ、そんな突き放すような言葉を、彼が言うだろうか？


「アゼリア、きみはおじいさんに影になることはできない、と言われたんだよね」

「え、はい……そう、ですね」

自分が一生未熟者であると言われたようなものだ。彼女はしょんぼりと頭を下げた。けれどもしかすると、という思いを込めてディモルはそっと顔を覗くように問いかける。

「それって、意味が違うんじゃないか？」

「え？」

アゼリアはぱちりと瞬いた。

「そもそも、庭師を影と言う必要なんて、どこにもないじゃないか」

だって、彼女はこんなにも綺麗な庭を育てている。もし先代がアゼリアと同じように自身を卑下していたのだとしても、アゼリアまでそうなれと命じる必要などどこにもない。

「きみは、影なんかじゃなくて、表で生きていくことができると、そう言いたかったんじゃないかな」

どうだろうか。それはただの希望だ。けれども口に出してみると、きっとそうだと感じた。黒髪の少女は、ディモルにとっての夜だった。それはアゼリアにとってのディモルと同じように。

ふわりと柔らかく、花の香りが漂っている。ちりちりと鳥の歌声が響いていた。そっと雪の間から芽吹くように、彼らにも恋の種がひそんでいた。

ディモルはゆっくりとアゼリアの瞳を見つめた。今日も彼女のことを思って眠ることができることが嬉しくて、勝手に頬が緩んでしまう。

ディモルは今でもときおり、この幸せな記憶を忘れてしまうのではないかと恐ろしくなってしまうときがある。

そんなときは窓をあけて、星空を見つめる。明日の彼女を思い浮かべる。

「どう、でしょうか。でも、もしそうだったのなら」

自身を庭師と、先代は認めてくれるだろうかと。アゼリアもアゼリアで意味もなく視線を巡らす。そして静かに息を吐き出し、いつも難しげな顔をしていた老人を思い出した。

本当は、祖父のように慕っていた。互いに口下手だから、そんなことは言えやしなかったけれど。

思い出してみると自身が死んだ後は自分の小屋を使うようにと言ったのも彼だった。でなければ、アゼリアはディモルと出会うこともなかっただろう。

彼は、アゼリアをディモルに託した。そう考えることは、ただの思い込みなのだろうか。

「ま、本当のとこは、わかんないけどね」

と、笑っているのはルピナスだ。そのまま蝶たちの中へひらりと消えてしまう。

アゼリアは、ずっと自身を人以下のなにかのように考えていた。諦めて、思考を停止させることはとても楽なことで、自身の一生はそのようにして終わるのだと思っていた。

けれどフェンが先代の土の精霊であるオモトに見守られていたように、アゼリアもそうだったのなら。

——唐突に、息ができなくなるような感情がアゼリアを呑み込んだ。こぼれてしまった涙にディモルが驚いたことに気づき、慌てて首を横に振る。大丈夫、と伝えたつもりだ。ルピナスに心配をかけたくはないから、一粒だけ流れた涙はすぐに拭き取った。

「……なにを、考えていたんだい？」

「多分、これからのことです。過去を変えることはできないから」

先代だけではない。アゼリアの両親、そしてルピナスも。アゼリアの周囲には、アゼリアを助けようとする人々がいた。そう、気づくことができた。

狭いアゼリアの世界が、ぐんぐんと広がっていく。

寒い冬を耐えた芽が力強く咲き誇るように、ゆっくりと季節を変えていく中で次々と美しく花開いていく。どこまでも、どこまでも広がる花畑。その庭を作ったのは、アゼリアだ。影と呼ばれていたはずの、庭師の、アゼリアだ。

まるで呆然としたような気持ちで、その風景を見つめていた。手に持っているのは古び

たじょうろであるはずなのに、妙にぴかぴかと輝いているような、そんな気にさえなる。

はあ、と息を一つ吐き出したとき、それはただの記憶の中の風景であることを思い出した。雪が解け、自身が作り出した庭を見つめたときのことだ。何度も見た春の景色が、まるで初めて目にしたかのような、不思議とそんな感慨さえ持っていた。

美しい春の景色の中にいることに変わりはないが、今アゼリアの隣にいるのは暖かな春の日差しのような青年である。ディモルはアゼリアと目を合わせ、とろけるような優しい笑みを浮かべていた。その雰囲気にやっぱり慣れなくて、アゼリアはたまらなくなってしまい思わず下を向いてしまったのだが。

むしろディモルは楽しそうに微笑み、「これからのことか……」と先程の言葉をふと繰り返した。そして俯いてしまったアゼリアを覗き込みながら、もう一度じっくりと瞳を合わせる。

「よければ、だけど。それがどんなものか教えてくれないかな。僕はきみのことを、もっと知りたいから」

「……大したことではないんです。本当に小さな。小さな変化があっただけで」

「うん」

「庭師という、仕事に対して以前とは少し違うように向き合えるのではないかと。ただ、逃げる場所にするのではなく……」

そこから先の言葉は、まだうまく形にならなくて、アゼリアはわずかに口の端を震わせてしまう。「ゆっくりとで、かまわないよ」と、ディモルが言った。

「ゆっくりと、たくさん。僕はこれから、きみとたくさんの時間を共有したいから」

色とりどりの蝶が舞い、花弁が咲き香り、満開の木々の枝が風の中で揺れている。

その一匹の飛んでいる蝶に、こんにちはとルピナスが声をかけたとき。

こくり、とディモルの言葉に対してかすかにアゼリアが頷くと、彼はそれはそれは嬉しそうに表情をほころばせた。そして、そっと顔を近づけた。二人のこれからのことについて、まるでないしょ話をするかのような仕草だ。

けれどそのとき小さな甘い音が聞こえ、アゼリアの唇にはわずかな温かさを残したわけだが、彼は隠しごとが大の得意だ。素知らぬ顔をしてみせた。でもアゼリアはそれが苦手だから、ルピナスには、またすぐにばれてしまった。

これは、冬から春になる物語である。

テーブルの上に広げられたのは、色とりどりのお茶菓子だ。

ティーカップは十分に温かい。お代わりだってたんまりある。準備はすでに万全だ。始まるのは、きっと素敵なないしょ話に違いない。

あとがき

　初めましての方は初めまして、雨傘ヒョウゴと申します。『庭師と騎士のないしょ話　真夜中のお茶会は恋の秘密を添えて』をお手にとっていただき、本当にありがとうございます！

　こちらの作品は「魔法のiらんど大賞２０２２」恋愛ファンタジー部門の特別賞を頂戴し、書籍化させていただけることとなりました。実はこのお話ですが、初めて投稿したのは魔法のiらんど様以外のサイトで、また今から三年以上前のこととなります。

　つまりは雨傘ヒョウゴの比較的初期の作品となり、今回お話をいただいた上で、かなり大幅な改稿が必要になるだろう……ということは自分自身感じており、編集様から「プロットから作り直した方がいいかなと」とご提案をいただいた際、「私もそう思います！」と、思わず前のめりに返答してしまうほどでした。

　書籍化のお話をいただくまでの間、数度の冬を経験しました。雪の中を舞台とする作品ですから、冬の寒さを感じる度に、「ああ、雪ってこんな冷たさだったなぁ……」「もっともっと、伝わる表現があったのに」「この感覚を忘れないようにして、また書きたい！」と何度も考えたので、今回新たに書き直す機会をいただけたことが、本当に嬉しかったです。
けれども当時の読者様が好きと言ってくださった雰囲気を大切にしたい、という思いももちろんあり、何度も頭をひねりつつ、修正しつつと「ないしょ話」らしさが溢れる形としてお届けできたと思います。ぜひぜひ、紅茶と美味しいお菓子をお供にして、ゆっくりと読んでいただければ嬉しいです。

最後になりますがこの場を借りましてお礼の言葉を申し上げます。角川ビーンズ文庫編集部の皆様、また担当編集のS様。ああしたいです、こうしたいです！　という相談に根気よく付き合ってくださりありがとうございました！　イラストをご担当の蜂不二子先生。アゼリアとディモル、二人のイメージが本当にぴったりで何度見ても嬉しくなってしまいます。お引き受けくださり、本当にありがとうございます！

そして、読者の皆様方。応援してくださる皆様のおかげで、こうして書き続けることができました。どうかまた、お会いできる日を心待ちにしております。

雨傘ヒョウゴ

「庭師と騎士のないしょ話 真夜中のお茶会は恋の秘密を添えて」の感想をお寄せください。
おたよりのあて先
〒102-8177 東京都千代田区富士見2-13-3
株式会社KADOKAWA 角川ビーンズ文庫編集部気付
「雨傘ヒョウゴ」先生・「蜂不二子」先生
また、編集部へのご意見ご希望は、同じ住所で「ビーンズ文庫編集部」
までお寄せください。

庭師と騎士のないしょ話
真夜中のお茶会は恋の秘密を添えて

雨傘ヒョウゴ

角川ビーンズ文庫 24067

令和6年3月1日 初版発行

発行者——山下直久
発 行——株式会社KADOKAWA
〒102-8177 東京都千代田区富士見2-13-3
電話 0570-002-301（ナビダイヤル）
印刷所——株式会社暁印刷
製本所——本間製本株式会社
装幀者——micro fish

●お問い合わせ
https://www.kadokawa.co.jp/（「お問い合わせ」へお進みください）
※内容によっては、お答えできない場合があります。
※サポートは日本国内のみとさせていただきます。
※Japanese text only

ISBN978-4-04-114780-1 C0193 定価はカバーに表示してあります。 ◇◇◇